流浪仙

樂馬　著

好評推薦

故事劇情緊張刺激、流暢且精彩，角色刻畫生動印象鮮明。濃濃舊時台灣民間信仰色彩為基底，潑妝絢麗神魔大戰，乃屬東方玄幻佳作之一。

——炓子，《負罪》作者

一本基於傳統文化與信仰詮釋的創作，意味深遠、情節緊湊，一旦開始閱讀，就只能看到最後。

——豎旗海豹，《東方魔法航路指南》作者

族群紛爭的陰魂，至今仍環繞不去。就在最近，仍能看到因創作中描寫台灣日治時期而被批判的案例。只因狹隘的政治因素，而完全否定不同立場的文化與歷史，實在令人心痛。

在這瘴氣瀰漫的時代，能看到以巧妙筆法，融合台灣在地民俗與日本信仰、甚至不同風俗人民間互動的創作，實屬難得佳作。這也讓致力於台灣歷史創作的在下，認為有義務與責任，向各位推薦本書。

故事架構在日治末期的台灣，由追查一位被謀殺的廚師冤魂，逐步延伸出流浪的仙仔、仙姑玉彌、日本天神大宜都與邪惡的地狂之間，那驚天動地的善惡鬥爭。

輕鬆的故事加上詼諧的手法，毫無破綻地架構出台灣信仰與日本信仰世界的交集。在日治時期的日本人與台灣人，雖有不同的信仰與價值觀，然而在面對善與惡、正與邪的鬥爭時，仍能拋棄成見，共同維護人性的尊嚴。

作者考據仔細，架構驚奇。更難得的是，本書故事超越了民族隔閡，布局合乎人性、合情合理，更合乎政治與文化現實。

本人台嶼符紋籙，在此希望各位讀者能放下對歷史的誤解，輕鬆地享受本書所帶來的獨特視野。

在此推薦樂馬老師所創作的《流浪仙》。

——台嶼符紋籙，《寶島歷史輕奇幻：妖襲赤血虎茅庄》作者

說真的，有時候人們缺乏的往往不是好題材，而是想像力以及願意相信的心。

初次聽聞《流浪仙》這部作品，並得知這是本設定在日治台灣、融合台灣民俗信仰與日本怪譚元素的作品時，其實我曾有所保留：文本中不一樣的宗教信仰相互融合後，究竟該怎麼運用，才不致使人產生違和感？作者又該如何讓讀者接受該時代氛圍下的動盪與殊異性而不致於

感到文化錯置？

或許，我一直都是矛盾的。縱使今日的台灣社會已能夠呈現兼容並蓄的文化風貌，我的內心有時還是會產生無以名狀的糾結，只因我向來無法被輕易說服，亦曾質疑過某些對文學作品的嘲弄是否同樣源自於排他性與自我認同的矛盾範疇。

所幸，這部作品完成了我無法觸及的想望，也處理了一直以來難以令我信服的隔閡感。作者將台灣二戰末期的歷史背景與該時代的文化信仰，揉合成一個全新卻又不失本土獨特韻味的故事，在脫胎換骨之際亦不忘審視自身、並進一步處理人生中無法避免的課題。

故事以一樁看似尋常的冤魂抓交替事件做為開端，進而牽扯出一段段不為人知的過往。隨著劇情層層遞進，一個又一個的謎團如雪球般越滾越大，我們亦彷彿身歷其境般，跟著主角一行人在案件中抽絲剝繭、追查冤魂賴康的真正死因，挖掘事件背後的真相。

人生中並不是所有事情都有絕對的是非標準，也沒有什麼非誰不可的事，故事中的角色之所以能是有血有肉的存在，或許正是源自於人性中最真實的愛恨嗔癡，無論是被利益蒙蔽的貪念還是視若親情的真誠相待，作者所呈現的一直都是你我周遭彼此不加修飾的真性情，雖不見得赤裸，卻比任何言語還來的真切有力。作品中我最喜歡的，莫過於這句對死亡的詮釋：

——所謂的死，是妳非常喜歡、非常不願放手的人永遠離開妳的身邊，不管妳去哪個地方都找不到這個人，不管妳再怎麼努力這個人再也不會出現。

每個人都得學會和自己最愛的人道別，無論這段歷程會多麼悲傷與痛苦，總有一天我們終究會長大、會慢慢習慣這一切，而對方也會活在我們的心裡，永不死去。作者將自己的溫柔寄託於這句話，亦藉由這個故事傳遞自己的信念，只因人生的聚散離合本是常態，在這生生不息的生命脈動中，其實時間一直持續前行，而我們的生活也正如火如荼地展開。

假如你的童年和廟宇、信仰緊密相連，或許這部作品將再次喚醒你久遠的記憶，隨著那緊鑼密鼓的擂鼓聲咚咚響起，這次上演的將會是一齣使你永生難忘的磅礴大戲。

——燈貓，《緋色輓歌》作者

目次

第一章　冤魂賴康

竹板聲咚咚響起，吸引臺下看客。

「話說從前有個小仙相當調皮搗蛋，終日在天上胡作非為，眾仙家拿祂沒辦法，看到祂只能大嘆無可奈何。話說南山神峰調皮仙，搗亂天宮不得閒，目無法紀眾神厭，好比當年猴齊天。」

打板的老翁停了半晌，闔上眼睛，繼續悠然唱道：「沒想到小仙有次鬧得太過火，不慎禍及人間，害死許多人，玉帝雷霆大怒，怒懲小仙。話說一時貪玩害人間，家破人亡心膽寒，觸怒玉帝犯天條啊——剝筋抽骨真可憐。」

唱道此段，已有人按捺不住，這詞每年建醮都唱一次，有些人已經聽了大半輩子，都能跟著唱。

臺下耆老跟著踏起節拍，唱道：「小仙被押斬仙臺，從此將要魂魄滅，奉勸做人照規矩，莫等時盡空悔恨。」

坐在打板老翁旁的二胡師傅拉起尾段的淒涼音調，瑟瑟音弦溢滿那位犯錯小仙的悲涼。照習俗唱完勸世歌，才能正式演大戲，因此等臺下掌聲歡呼過後，打板老翁跟二胡師傅向臺下致意，戲班人員趕緊拉起布幕。

樂師敲鐘撩琴，宣告準備上演。

站在黑壓壓人頭後的玉彌打著哈欠，盯梢是最無聊的事了。大家聚在廟埕看戲，身為廟方人員，她必須守護庄民安全。因為這種時候是最危險的。

玉彌反被幾個不懷好意的輕浮小流氓盯上，他們圍住玉彌，輕佻地說：「漂亮小姐站在這裡幹什麼？這邊好熱啊，要不要跟我們透透風。」

「老娘很忙，勸你們快滾。」玉彌沒好氣地回道。

她會被盯上不是沒道理的，合身服飾襯出她娉婷婀娜的身姿，那張豔而不俗的臉龐更引來許多人關注。但住在寶町的男人連看也不敢，只有外面來的小混混敢踩老虎尾巴。

一個小混混摸了玉彌的臉一把，玉彌露出嫣笑，然後猛力踹向他的下襠，讓他抱著下體倒在地上慘叫。其他三個同夥見狀，斥道：「臭女人找死啊！」

「這臺詞聽得夠多了。」

那些小流氓架住玉彌的手，卻沒想到玉彌單腳一蹬，做了個後空翻，踢飛正前方的倒楣鬼，左手用力一拉，勾倒左邊的去撞右邊的。沒兩三下，四個小地痞就栽在玉彌手中。

「敢讓我們難堪，別怪我們用硬的！」

此時穿著和服的武旦耍刀弄槍，臺下鼓掌叫好，後方玉彌這裡也上演打戲，不過觀眾是兩個負責維護秩序的巡警，他們拿著警棍驀然出現，這些小流氓看見巡警大人，膽子立刻飛了一半。

「通通別跑！玉彌小姐也敢惹，真是不長眼睛。」巡警命令那些小流氓趴在城隍廟的牆上。

「把他們全押起來啦，來寶町也不探聽一下，敢在城隍廟找麻煩，不怕夜裡被城隍爺抓起來審！」

「嚇唬誰啊！我阿公說城隍爺早就不在了——」

「還說話，趴好！」巡警重重敲了他的小腿。

那人慘嗚一聲，趕緊禁聲。但他說的話並非毫無根據，通常演大戲前要先扮仙戲，是給神明看的，除非遇到神尊出巡繞境，才先演正戲。但寶町城隍廟從以前就是先唱勸世歌，然後直接演正戲，扮仙戲反而放在最後。

久而久之，便有城隍爺不在廟的傳言。

「慘了，顧的人不見了！」玉彌忽然焦急地喊起來，「警察大人，這四個就交給你處理，我有事先去忙。」

玉彌趕緊瞄著人群，果然她一直盯著的人已經消失。

「仙仔，仙仔，人不見啦！」玉彌朝燒金紙的金爐大喊。

「那還不快追。」金爐旁正在摺金紙的男子不疾不徐喊道。

衝出來的男子身材高瘦，穿著一件破舊的棕色夾克，頭戴一頂大甲帽。他被稱為仙仔，神仙的仙，除了建醮時會回來，其餘時候都在外流浪。人們尊稱的城隍廟大仙就是他，但真正見過本人的倒不多。

幸好玉彌盯的人並未走遠，他們在城隍廟旁的小巷子找到那人。三十多歲，戴著斗笠的男人，神情恍惚，晃蕩黑暗巷弄。

「站住！」仙仔在他背後喊道。

他轉頭瞥見仙仔，慌亂地甩著手，加速衝刺逃離，玉彌從身上取出一顆橡皮球，伸手一丟，準確擊中那人後腦杓。

「妳在哪裡藏這顆球的？」仙仔訝異地問。

「你覺得我身上哪裡能藏球呢？」

被打的男子踉蹌跌地，玉彌趁機跨到他背上，從後方勒住脖子。

仙仔連忙喊道：「別做得太過火，到時候就難解釋了。」

「還不快點動手！」玉彌吃力鎖住掙扎的男子。

仙仔從懷裡取出一紙寫滿符咒的黃符，一陣唸唸有詞，貼在男子額頭。男子頓時像麵條一樣癱在地上，一股白煙從天靈蓋竄出來，玉彌立刻放掉男子，捉住那道煙。那便是鬼魂，鬼的體重跟煙一樣輕，連小孩子都能輕易舉起——前提是捉的到。

「痛！好痛啊！」

「想抓交替，先過我這關。」玉彌將那煙扭到女兒牆邊，惡狠狠笑道：「你自己選，是要我把你塞到酸菜甕裡，還是自己老實交代。」

「我說，我什麼都說。」那道煙漸漸化成人型，變成微胖、比玉彌矮的男子。他留著一小撇鬍鬚，看上去唯唯諾諾，聲音也壓得很低。

「玉彌，先把受害者帶到廟裡休息。」仙仔抬起昏厥的男子的頭。

「仙仔，這傢伙怎麼辦？」玉彌把胖男子捉到仙仔面前。

「仙仔！你是仙仔？太好了！」胖男子突然手舞足蹈，又叫又跳起來。

「喂，你別亂動好不好，還是你比較喜歡鹹魚舖啊！」玉彌威脅道。

「對、對不起，我只是太激動了。」

仙仔扛起那個體型比他大的中年男人，略顯吃力地說：「好了，回廟裡再說吧。」

這時戲臺上演到薛丁山大戰樊梨花，打得好不熱鬧，玉彌最愛看武打，忍不住窺探。

仙仔早已汗流浹背，催促道：「等會再看啦，我手快斷了。」

玉彌喚來幫手，協力將人抬到椅子上。

※

關上房門後，被玉彌捉住的胖鬼憋了滿肚子話終於能一吐為快，「大老爺，大仙，我叫做賴康，我、我不是故意要捉交替，只是沒人拜我，每天都好冷好餓，才想趕緊投胎。」

「沒人拜你？你的家人呢。」仙仔坐在一張凳子上，聚精會神聽賴康說故事。

「我家人不知道我死了，我是被害死的——」

「哦。」這也難怪了，有家人祭拜的大都吃好穿好，只等宣判功過，轉世投胎。

沒人拜的會變成孤魂，挨餓受凍，流連失所，連走去鬼門的力氣也沒有，因此想趕緊找人交替好結束痛苦的日子。被害或自殺的通常懷有執念，執念日久生恨，他們必須解除心中執念才有投胎的可能，然而強大的怨念往往將其變成厲鬼。

玉彌戳著賴康的杜子，好奇地問：「雖說是被害死的，可是你一點戾氣也沒有。」

「因為我不知道兇手是誰，莫名其妙就死了啊。」

「那更奇怪啦，你應該很恨，恨到覺得每個人都欠你。」

「嗄？這樣才奇怪吧。」賴康飄到仙仔身旁，瞇著眼打量道：「話說回來，你看起來這麼年輕，真的是那個仙仔嗎？」

仙仔能理解賴康的疑問，畢竟他一年只有少數時間在城隍廟，聲名雖遠播，見過真面目的卻不多人。

「貨真價實，動個指頭就能讓你魂飛魄散。」玉彌露出可怕的笑臉。她看著賴康害怕的臉，回憶道：「很少看到這麼膽小的鬼耶，往年逮到抓交替的，沒有狠狠教訓一頓，根本不會老實。」

「別越說越誇張了。總之，賴先生，你說你被害死，卻不知道兇手是誰嗎？」

賴康砰一聲跪在地上，哀求道：「好不容易能遇到仙仔，還請仙仔替我做主，幫我找出殺人兇手。」

仙仔扶賴康起身，皺眉道：「我不是警察，可能有點困難，我頂多替你超渡。」

「不要——」賴康嚇得貼在牆上，「我還想看家人最後一面，我爹娘還不知道我的事情。」

「可是找犯人這種事，我真的沒辦法。」

「你不是仙仔嗎？」

「仙仔也有很多做不到的事啊。」

賴康失望地垂下頭，坐在地上嘆氣。

「別這樣嘛，不如跟我說說你怎麼死的，也許還有點辦法。」玉彌蹲在他身邊打氣。

「唉，算了，仙仔都不能了，還能指望什麼。」

玉彌揪起賴康，將一張豔麗的臉貼緊賴康，「老娘可是忍著不看戲，在這裡處理你的事，罩子最好放亮點。」

「是、我說，什麼都說。」

玉彌放開賴康，賴康喘了一口氣，懦懦地回想半個月前的事。

「我記得死掉前一天，我準備回房換件衣服，打算晚上去看電影，結果有人不知拿什麼硬物從我後腦敲下去，然後我就失去意識，然後就死了。」

「就這麼簡單？聽起來像是與人結仇。」

「我不可能跟人結怨啊，我連吵架都不敢。我醒來後，看見自己躺在地上，有人進來抬走我……我很慌張，不知道怎麼辦，而且沒想到當鬼還會餓肚子，第一次死真的好緊張——」

「哈哈，說什麼呢。」玉彌忍不住大笑。

仙仔也掩不住嚴肅的神情，偷偷揚起嘴角。

「我果然只有被笑的份，才會連交替都抓不到。」賴康面向牆壁，將頭埋進腿內。

「說到抓交替，」仙仔斂容，問：「是誰告訴你這件事的？」

「我死後隔天，我在市內亂飄，肚子很餓的時候有個人，不對，他應該也是鬼，他告訴我這樣沒法走去鬼門，最快的方法就是找交替。」賴康背對著他們說。

仙仔搖頭道：「這是很損陰德的做法，如果被下面的發現了，你的後果會比不能投胎還慘。」

賴康急忙轉過身來解釋：「可是我沒抓到人，雖然很想，可是我不想要他們跟我一樣不明不白死去。」

「知道啦，你不會做那種缺德事。」玉彌莞爾，「否則我們跟丟你的時候，你大可以趁機動手，何必一直在廟旁遊走。」打從賴康尋找目標時，玉彌就一直觀察他，等待抓現行犯。

賴康點頭，玉彌說的是事實。

「對了，你們抓到像我這種的，通常都怎麼處置？」賴康謹慎地問。
「請陰司開堂審判，雖然你沒有成功抓交替，但生死簿上已經添了一筆惡行。雖然很多時候情有可原，但陰司判決很重。」仙仔說。
「這樣還不如趕快抓人去投胎。」賴康嘟囔道。
「罪果會繼續跟著你，總不能一直藉由輪迴逃避，罪只會越來越重而已。」仙仔拿下大甲帽，露出一頭與臉龐不相符的乾燥白髮。
賴康驚訝地盯著那頭白髮，不過玉彌跟仙仔早習以為常。民間傳說擁有仙力、通曉仙機的人必須拿出某樣東西當作交換，陽壽、財富、家庭之類，因此賴康直覺認定仙仔的交換代價就是頭髮。
「仔細想想用頭髮換法力滿划算耶。」賴康喃喃自語。反正人總有一天會白髮蒼蒼。
「那麼，仙仔，你怎麼看呢？這次就不要移交陰司了吧。」
「嗯，偶爾這樣是沒關係。」仙仔兩手一攤，「去託夢給你的家人吧，請他們來找我做場正式法會，我替你打點鬼門，好順利投胎做人。」
「不對，」玉彌搖著食指，抱胸道：「就算賴康是個濫好人，心裡不可能沒有芥蒂，不先替他查明真相，他抱著執念也無法投胎。」
賴康聽見這話，興奮地看著玉彌。
仙仔張大嘴巴，不敢置信地問：「沒搞錯吧，我們的工作可不包含尋找殺人兇手，不如找最上巡查長幫忙。」
「瞧你多久沒回來，最上巡查長早就退休了，就在台北空襲的時候。」玉彌捏著仙仔的臉頰，甜笑道：「更何況我才是上任廟祝的正牌指定人，所以我說了算。」

仙仔拍了拍頭髮，像是壓倒蓬草，他無奈地說：「好好好，妳說的都算。」

玉彌開心地拉起賴康的手轉圈，並向賴康保證道：「賭上府城城隍廟的威信，一定讓你蒙冤昭雪。」她手指向天，宛若某齣戲裡立志替百姓洗刷冤情的清官。

第二章　嘉南富豪

建醮一連五天，因此廟埕一到晚上就鑼鼓喧天，熱鬧滾滾。此時戲臺正上演《陳三五娘》，玉彌仍必須站在後方觀察有沒有想趁機抓交替的。

前任廟祝一直耳提面命的說，人多的時候最為混亂，也是抓交替最好下手的時機。建醮時幾乎所有人都齊聚一堂，廟方當然要更用心了。不過百密總有一疏，這些渴望投胎的鬼想方設法，總會讓廟方人員看漏眼的時候。

這時除了請家屬節哀順變，替死者誦經，剩下的就是通報陰司。當然抓交替一年到頭都有可能發生，也無法全天候盯著每個角落，所以每當悲劇發生，前任廟祝就會要玉彌莫太過自責。

玉彌方回憶仙逝的前任廟祝，仙仔突然遞了一碗麵線打斷她的回憶，他對放空的玉彌說：「吃吧，別餓著了。」

「算你有心啊，知道我還沒吃飯，肚子餓慘了。」玉彌接過麵線，大口吃了起來，不禁稱讚道：「你去哪裡學這麼好的手藝，是不是昨天辦桌的菜尾？」

「都不是。」仙仔抬頭望著城隍廟旁的小屋子，那是他回來時的住所，賴康也暫時寄住在那兒，畢竟大廟不適合鬼久待。「我剛才說肚子餓，但家裡也沒東西，賴康隨手拿了麵線、在鍋裡灑了點麻油就變成這味道了。」

「真的？原來他手藝這麼好。」玉彌狡詐地笑，「以後就交給他掌廚啦，還可以替廟裡省下廚師費用。」

「也不錯，至少不必吃妳的料理。」仙仔說起前幾天剛回城隍廟時，因為又累又餓，也沒地方吃飯，玉彌便興起做了一桌燒焦的飯菜。

玉彌用力推了仙仔，「我可是怕你餓死才難得煮飯耶，以後你就算變餓死鬼，我也不會理你。」

今年建醮相當順利，除賴康以外便沒有其他鬼，玉彌難得能清閒一回。她索性拿了張椅子坐下，專注看戲。仙仔也沒有制止，畢竟往年大家放鬆時玉彌都兢兢業業，休息一下也不為過。

「仙仔，建醮完你就要走了？」

「每年不都這樣，扮完神仙戲，過幾天就往高雄州去吧。」

玉彌垂下眼簾，一雙明眸滿是困惑，「為什麼一定要去流浪，待在這裡不好嗎？」

「小孩子不要問這麼多。」

「我十八歲了，早就從七娘媽那裡畢業。我只是不懂，真的不懂，到處流浪有什麼好處。」

「就算妳這樣問，我也沒辦法回答，可能我體內就是流浪的血。」

玉彌嘟著嘴，她可不是容易被忽悠的笨蛋，「女中的老師說人血分成A、B、O、AB四種啦，你這個笨蛋才會流那種笨蛋血。」

「哦，妳去女中聽課啊，多讀書是好事情。」仙仔輕輕拍著玉彌的頭，允諾道：「離開前我會想辦法完成妳答應賴康的事，畢竟替城隍爺接了業務，辦不好可是很丟臉的。」

「那，如果一直找不到兇手，你就不走囉？」

「賴康聽到會很傷心的。」仙仔苦笑道：「一定會找到，只是可能要花點力氣吧。」

等到戲落幕，已是晚間十點，人潮開始往各自家中散去。鬧哄哄的戲臺一下變得沉靜，就連戲臺上五娘哭哭啼啼，也比現在熱鬧的多。

玉彌望著散戲的景象，在空蕩蕩的廟埕踱步，少了人聲干擾，夏蟬放心大譟。寧靜的夏夜卻清寂若秋，玉彌忖這多半都是仙仔的緣故。年復一年，仙仔的離去變成一件沉重的事。

仙仔的住所就在城隍廟西側，玉彌則住過條馬路的東側，但一年裡大多時候這些房子都屬玉彌管轄。玉彌是不善做家務的，仙仔快回來前會捎信，這時玉彌才請人徹底把西房打掃乾淨。

「玉彌小姐，妳在看什麼？」賴康見外頭萬籟俱寂，陽氣盡散，知道人都撤了，才出來走動。

「看月亮啊。」玉彌仰著脖子說。

十五明月正團圓，對玉彌來說，團圓不是在二九暝，團圓飯是所有人都到場才算，所以她心裡私自把這時節當成真正的圍爐。特別是前任廟祝撒手之後，這個想法更加強烈，只有建醮時她熟悉的人才會相聚一堂。

「我在地板找到一些米跟肉，煮了一桌菜想答謝你們，等妳進來就可以開動囉。」

「地板……」玉彌大叫，那些是為了度過艱難時期偷藏的食物，仙仔回來的時候她已經破例拿出來一次。「算了，那傢伙在外面肯定也沒好好吃過一餐。」

一走進大門，飯菜香立即撲鼻，玉彌先用手捏了一綹嫩薑炒肉絲往嘴裡塞，鼓著臉對賴康豎起大拇指。玉彌也受信徒招待，去過一些高檔酒樓用過餐，但賴康的廚藝跟聞香台南市三十一町、十二大字的珍饕樓相比，完全不在話下。

「別吃得這麼急，菜還很多呢。」仙仔也動起筷子，邊吃邊稱讚：「昨天吃麵線還沒有這麼深刻的體會，這手藝可以算是台南州首屈一指了。」

「過獎了，過獎了，你們吃得開心就好。其實我生前是個廚師，剛好合你們口味啦。」賴康不好意思地說。

玉彌已不顧形象，任一頭長髮亂飄，夾到東西就往嘴送，似乎怕下一秒這些菜就消失不見。

「如果不介意的話，我可以教玉彌小姐煮菜，可以提高出嫁率喔。」賴康羞澀地說：「畢竟女人家廚藝好的話，會很得男人歡心。」

「才不要，誰要討臭男人歡心。」玉彌瞥了眼仙仔，然後把視線聚在紅燒虱目魚。

「是嗎？不過妳這麼漂亮，想娶妳的人肯定踏破門檻。說到好對象嘛，我倒是知道很多家世不錯的少爺，可以讓妳一輩子不愁吃穿。」賴康越說越高興，彷彿真要幫玉彌說媒。

玉彌砰一聲放下筷子，瞪著賴康：「再囉嗦就把你扔到鍋裡炸。」

賴康這才禁聲，用眼神尋求仙仔幫助。

「賴康，你在哪個酒樓當廚師？照理說，你莫名其妙被殺死，酒樓的人應該很著急才是。也許能去那裡找線索。」仙仔分析道。

「對呀，難不成是你的二廚想佔你的位置來坐，就買凶把你給卡嚓。」

「不可能啦，」賴康堅決地說：「我不是在酒樓當廚師。而且我連自己死掉的位置都不知道，我只記得醒來後漫無目的亂走一通，不知道幾天幾夜才到城隍廟。」

賴康越想越糊塗，他現在也不曉得自己屍骨在何方。

事情越說越懸疑，聽這些敘述，仙仔懷疑賴康是被打暈後載到某個地點，殺害後棄屍，但若無恩怨誰會做出這種事？

※

日頭方昇，門外一陣急促的敲門聲吵醒仙仔。昨日跟玉獮徹夜討論賴康的事，到後來都在胡亂猜測，但玉獮越說越過癮，不曉得夜入幾分才疲憊睡去。

結果玉獮睡在臥房，仙仔則在外頭倚著一張藤椅將就，反正在外流浪時什麼地方沒睡過。仙仔聽見有人敲門，喊了聲「來了」，打開門閂，原來是廟裡的人。

「仙仔，不好意思一早就吵醒你，只是有個信徒堅持要見你。」

「麻煩跟他說等開廟後再來。」

「仙仔，久仰大名，若非這事很急，我萬般不敢打擾您。」一個沉穩的中年男子擠進門內，示意通報的人下去。他氣度沉著，打扮莊重，臉上乾乾淨淨，穿藏青色馬褂，油頭梳理得很整齊。

他見到仙仔時臉色微變，似乎沒想到名聞遐邇的仙仔有著如此清秀的樣貌。

「請問尊姓大名？」仙仔不知對方底細。

「不敢，只是個跑腿家僕，敝姓陳，是陳老爺的管家。」來者先報家門，陳老爺正是當地知名的陳阿舍，嘉南平原數一數二的富豪。身為陳阿舍的管家，氣場自然不凡。報完陳阿舍名號，管家顯然相當得意，接著才說出來意，「其實是最近家裡發生怪事，所以老爺特要我來請仙仔幫忙。」

「哦，可是——」仙仔正打算處理賴康的事。

管家從袖口掏出一疊百圓鈔，甩了甩票子，遞給仙仔，笑容可掬地說：「這是老爺一點心意，不多，其餘的等仙仔來家裡看過後再談。」

「不是錢的問題，實在是——」

「仙仔，不瞞您說，我家老爺甚少求人。若不是為了小姐，老爺也不會讓我跑這一趟。」管家見仙仔神色稍動，進一步說：「我家小姐得了怪病，請了幾個名醫也好不了，吃什麼吐什麼，昨天甚至吐黑血。所以老爺想小姐可能沾上什麼壞東西。」

話已至此，仙仔聽聞人命關天，當然不再婉拒，當下請管家稍待片刻。但他拒絕了那疊鈔票，「陳阿舍的好意是給城隍爺的，所以我不能收，請添進香油錢吧。」

說完仙仔轉進房內，玉彌已經起床了，她伸著懶腰問外面是誰。仙仔重述了陳阿舍家的事情，睡得安詳的賴康忽然驚醒，連忙問：「你說晚煙小姐中邪了？」

仙仔並不知道陳阿舍的女兒叫什麼，便問：「你認識陳阿舍？」

「當然認識，我就是在陳阿舍家當大廚。」

「哦？那陳阿舍一定急著找你。」玉彌也徹底醒了，「還等什麼，我們帶賴康一起去，說不定能找出一些線索。」

「嗯。」仙仔同意了，拿了一個酒壺讓賴康暫且藏在裡頭。

片刻後仙仔跟玉彌走出門，管家睇著眼掃視玉彌亂糟糟的頭髮，拱手笑道：「打擾仙仔清夢實在不好意思。」

「請別誤會，我們昨天討論廟裡事務討論的太晚了，所以她才暫借一宿。」

「年輕人嘛，明白，都明白。」

「明白你個頭啊，再亂說話小心我揍人！」玉彌這時才聽懂管家的意思，羞著臉掄拳。

仙仔趕緊替玉彌道歉，管家揮手道：「姑娘生氣勃勃，值得高興。倒是請仙仔盡快移駕，我擔心小姐身體嬌弱，不能再拖。」

他們坐上陳家的黑頭轎車，這還是仙仔跟玉彌頭次坐轎車，舒適的皮革座椅讓玉彌甚感驚奇。

轎車駛向大宮町，經過幸町通時能清楚看見幾乎全毀的台南州廳，春天時盟軍用燒夷彈狠狠轟炸台南州，州廳附近的建築也遭池魚之殃，形成一片焦土。

管家嘆道：「慘啊，幸好炸彈沒落到我們那裡。仙仔，你說你剛從北邊回來，那裡恐怕更慘吧？」

「死了很多人，就像身處火海。」仙仔簡短回答。

管家聽出仙仔不想討論空襲的事，也就不拘泥這個話題。

接下來的風景賴康便很熟悉了，古典的四合大院，院外樹木扶疏，樹蔭足以遮住燠熱暑氣。

車一停下，立即有人上前開車門，玉彌像名媛一樣被請下車，甜滋滋的心情都寫在臉上。

「仙仔，請往這裡。」

走進大廳，陳阿舍穿得西裝筆挺，挺直腰桿坐在一張紫檀木扶手椅，右手拿著《台灣日報》，左手緩緩端起茶碗，戴著金絲眼鏡，下顎留有一綹小鬚，個頭跟仙仔差不多，兩鬢雖有些白花，但看上去精神奕奕。

「老爺，人請來了。」

陳阿舍放下報紙，銳利的眼神盯著站在管家身邊的仙仔，快步而輕盈地走到仙仔面前，作揖道：「來得正好，請仙仔趕緊救救小女。」

仙仔面露疑惑，他問：「你沒有什麼想問的嗎？」

「喔，我的疏忽，來啊，快，再拿十疊給仙仔！」他洪亮地喊道。

「您誤會了，我不是要錢，我以為您會懷疑我的身分之類的。」初次聽到他是仙仔的人，多少都會表現出訝異，陳阿舍卻毫無懷疑。

「魏武說過：『疑人不用，用人不疑。』況且你沒有騙我的理由。」陳阿舍緊緊抓住仙仔雙臂，充滿信任。

仙仔難得碰上這種人，一時間不知該說什麼。倒是玉彌提起小姐的事，陳阿舍才趕緊帶著他們往小姐的房間去。

還未靠近小姐閨房，玉彌跟仙仔忽然掩住鼻子，房裡瀰漫濃濃妖氣，這並非普通鬼魂的氣息，而是比鬼更麻煩的東西。酒壺也發出騷動。

看見兩人動作，陳阿舍明白事情不一般，臉上更添驚色，馬上帶他們衝入房內。

第二章　魔神仔

想不到仙仔一衝進房裡，那股妖氣頓時煙消雲散，簡直猝不及防。玉彌從包袱裡拿出一盞法鈴，輕輕搖晃，試圖用音波讓妖物原形畢露。

「沒用的，這魔神仔很高竿。」仙仔按住玉彌的手。

從方才強烈的妖氣來看，便能推測纏上晚煙小姐的不是普通魔神仔。魔神仔是由天地山川靈氣化身而成的精怪，不怕日光，亦不懼廟宇。

晚煙睡容顰蹙，面青頤削，小巧的瓜子臉此刻瘦得像一捏就碎，病懨懨的模樣惹人生憐。

陳阿舍眉頭緊蹙，環視閨房，問：「魔神仔是怎麼進來晚煙的房間？」

「一般而言，魔神仔不會出現在陽氣聚會之地，也不會無故傷害人類，頂多做一些惡作劇。」仙仔拿出幾張黃符，分貼晚煙額頭、四肢，「除非是受人指使。若魔神仔有害人之心，絕對比厲鬼纏身還麻煩。」

「受人指使……」陳阿舍喃喃道。

晚煙忽然彈坐起來，往旁邊吐出大量黑煙。陳阿舍焦急地跑過去，卻被仙仔擋住，他解釋道：「我方才貼的符咒乃『降妖錄』，能逼出藏在晚煙小姐體內的妖氣，但此刻不能靠近她，以免沖煞。」

不消仙仔指示，玉彌熟練地找出畫有仙符的葫蘆，放在晚煙身旁緩緩收入妖氣。仙仔凝視那股妖氣，手指不停點動。

「仙仔，晚煙會沒事吧？」

「幸好妖氣尚未侵骨入髓，只要斷除禍根，再請醫生開幾帖恢復元氣的藥，小姐很快就能恢復光彩。」

「太好了，仙仔勞累了，小女全靠您了。」陳阿舍喜出望外。

「您別客氣，降妖除魔只是我份內事。」

陳阿舍露出雨過天青的笑顏道：「來人，都出去，別打擾小姐調息。仙仔，我們就先告退了。」

侍女跟管家便離去。

這時酒壺動了一下。

仙仔拍拍酒壺，叫住陳阿舍，「我想請教您一件事，府上除小姐以外，最近還有發生什麼奇怪的事。」

「仙仔的意思是？」

「就是一些奇怪的事，多雞毛蒜皮的小事都行，也許對晚煙小姐有幫助。」當然最後一句話是仙仔胡謅的。

「哦——」陳阿舍僵住笑容，驚訝地問：「仙仔知道我家大廚下落不明的事情？難道這跟糾纏小女的魔神仔有關係嗎？」

「倒不能完全確定，如果方便的話，能說說那位大廚的嗎？」

陳阿舍的臉色更驚恐了，連忙問：「是不是賴康出事了？怪不得找了他半個月都沒下落。」

仙仔湊近陳阿舍，請他繼續說下去。

「不瞞仙仔，最近我家運勢很糟，半個月前賴康——就是我家大廚，某天夜裡說要跟朋友去喝酒，結果一去不回，搜遍附近幾個町都不見人影，我也不敢告訴他家人他失蹤的事。這幾天晚煙又被該死的魔神仔折騰，我的寶貝女兒……」

根據管家說，晚煙是陳阿舍中年之後生的，一直受到父親跟兄長百般呵護。

雖然仙仔也很心疼晚煙的境遇，但畢竟死者為大，他還是得打斷陳阿舍的哀憐，「抱歉，您說的賴康，是個嗜酒之人？」

賴康卻是說被害那天是要去看電影，但仙仔忖賴康糊里糊塗，恐怕早忘了自己那天做什麼去了。

「不，基本上不怎麼喝酒，沒喝幾杯就醉。也不曉得他跟誰喝去。」陳阿舍無奈地搭著仙仔的肩，沉重地說：「若仙仔有什麼感應，一定要馬上告訴我，當然沒有最好。」

陳阿舍離開房間後，仙仔搖了搖酒壺，讓賴康飛出來。

仙仔能深刻感受陳阿舍愛女心切，並重視自己手下人的心意。愛護子女天經地義，但對自己廚子也有這份情實屬難得，難怪陳阿舍能成為台南州響叮噹的人物。

「老爺果然很擔心我，如果他知道我已經死了，那該怎麼辦呢。」

「除了幫你辦法會，還能怎麼辦？」玉彌說。

這話說得沒錯，但賴康聽來便覺心酸。

「不如告訴陳阿舍賴康早就死了，讓他早點去尋骨。」

「不要，千萬不要，老爺還在擔心晚煙小姐的事情，我不想我的事讓他更操煩。」賴康飄到晚煙身旁，悲憫地說：「到底是誰這麼壞，想要害善良的晚煙小姐。」

「等等，受人指使，害人，等等等等，」玉獮敲敲腦門，覺得快崩發一條清晰的線索，她看著仙仔，「你現在跟我想一樣的事情嗎？」

「八成吧。賴康，你死前那天是否喝了酒？」

「這個、照老爺這麼一說，我好像真的喝了幾杯，然後就醉暈了。」賴康急迫的想把整件事情想起來，可是他已記不得跟誰喝酒。

仙仔跟玉獮猜殺害賴康的不一定是人，很可能是受人指使的魔神仔。魔神仔很喜歡跟人開玩笑，常常在山裡或陰氣較重的地方誘拐人，通常玩個幾天就會把人放回去。

憑魔神仔的能力，要誘騙殺人不是難事，問題在於誰有這麼大本領驅使魔神仔。欲謀害晚煙的魔神仔是相當強大的精怪，想叫動這些頑皮的麻煩精可謂難上加難。

「我是被魔神仔害死的？」賴康半信半疑。

「還沒有切確的證據呢，至少看起來跟魔神仔脫不了干係。」玉獮判斷道。

但另個問題是誰指使魔神仔作亂，對方必是跟賴康或陳阿舍有仇恨，否則不會如此大費周章。畢竟要鎮壓住、並且讓強大的魔神仔乖乖聽話，所消耗的精力非常人能想像。

「怎麼想賴康都不像值得花力氣的人，問題在於陳阿舍吧。」

「喂，這算是褒獎我嗎？」

「別插嘴啦，你身為陳家大廚，應該對陳阿舍的內幕很熟悉，知道他跟誰有過很嚴重的過節嗎？」

賴康驕傲地挺起胸膛說：「不是我吹牛，我作為一個廚師，早將全部的精力投入廚藝，什麼閒言閒語、流言蜚語我都不在意。」

「那不是一點用也沒有！」玉彌洩氣地說。

事情又回到原點，但貿然去問陳阿舍肯定得不出答案。

「與其問賴康跟陳阿舍，不如問情報更可信的人。」仙仔說。

「誰？」

仙仔看向晚煙，這時玉彌明白意思，連聲稱好。他們打算設個陷阱，捉住魔神仔審問。

於是仙仔跟陳阿舍商討，在晚煙房裡做了一番部署。先設下緊密的線網，只要魔神仔一觸動，法鈴就會大肆響起，這時仙仔手上的鈴鐺也會跟著響，然後貼在八個方位的符咒會同時作用，形成乾坤八陣縛住目標。

接著仙仔跟玉彌躲到四合大院旁的柴房，等待目標自投羅網。直到過了晌午，房內沒有絲毫動靜，玉彌無聊的把弄鈴鐺。仙仔為了打發時間，已經手抄完《太上感應篇》全文。

等待是玉彌最討厭的事，她邊打哈欠邊說：「仙仔，那個魔神仔是不是跑了，你想嘛，祂知道我們來抓祂，哪會這麼笨還跑出來。」

「按照人的想法可能如此，但魔神仔不是人，相較之下單純多了。」仙仔悠哉地躺在稻草堆上休憩。

「你每次都講歪理。」

「玉彌小姐，妳是不是肚子餓了，不然我去廚房幫妳準備一些好吃的。」賴康挽起袖子，準備往陳宅走去。

「被看出來啦，都過中午了，還真的有點餓——不對啊，你以為你還是活生生的大廚啊！」玉彌失望的說。

賴康縮在一角，透過木窗探往四合院，感慨道：「平常這個時間我已經煮好飯，呼喚老爺跟晚煙小姐吃飯，老爺最喜愛吃土魠，晚煙小姐愛吃虱目魚，不過一定要去刺。還有味噌湯，我特地跟日本廚子學過，相當道地喔。」

他邊說邊拿起一根細柴揮舞，像在模擬炒菜。

賴康是觸景生情，也代表與陳家人的羈絆之深。

噹——噹——幾聲鈴響劃破沉靜，仙仔立刻跳起來，朝玉彌拋了笑容，彷彿在說：「我的歪理每次都是對的。」

兩人飛奔至晚煙閨房，門卻被妖力堵死，陳阿舍命家丁撞門，反被彈回來。仙仔要眾人讓邊，張開一大張黃符黏在門上，念了一串咒，大吼：「開！」

堅實的木門往後炸開，噴出一大陣黑煙，仙仔跟玉彌衝進煙陣裡。就在晚煙的床頭旁，一道身影被金光縛住，在黑霧中格外顯眼。

「仙仔，人跑去哪了！」但只有仙仔能看見金光，玉彌眼裡只有一片黑茫。

「聽聲音！」仙仔喊道。

仙仔顧不了玉彌，直接奔至魔神仔那兒，被抓住的魔神仔是個身形瘦弱，脣紅齒白的小男孩。但正常人往往被這形象蒙騙，男孩骨子裡乃是妖力高強的精怪。

魔神仔奮力掙扎，每動一下，符咒就會發出火光。卻沒想到這魔神仔頂著炙熱痛楚，硬是掙開火符，仙仔沒想到對手竟如此悍烈，這火乃三昧真火，尋常鬼魅碰了沒兩下就成烤肉。

三昧真火的火符雖非極致之火，但威力不容小覷，亦不好取，但仙仔盤算這魔神仔妖氣之強，不用點真本事不行。

要想掙脫三昧真火，不是受點皮肉痛就能打發掉，可見那個魔神仔的性情極為剛強。魔神仔趁仙仔驚訝時逃走，卻是往玉彌的位置跑，一股強烈妖氣迎面逼近，玉彌倏地寒毛直豎，亂髮飛舞，手足無措下往包袱裡一摸，抽出一把七星寶劍胡亂揮，正好刺中魔神仔。

啊——尖銳的慘叫聲貫穿耳朵，拉得又長又遠，玉彌首當其衝，懼得撂下七星劍，塞住耳道抵擋令人不舒適的音頻。

眼看正是抓住魔神仔的好時機，但晚煙受到尖音影響，臉色更加憔悴，仙仔只好先護著晚煙，而魔神仔趁亂溜走。過了一陣，黑煙緩緩四散，那尖銳的聲音也隨之消散。

玉彌踞在地上，心有餘悸的查看四周，幸好方才那聲波沒震碎耳膜。

門外的陳阿舍帶著家丁奔進房內，此時晚煙的氣色大為好轉，呼吸也變得勻稱許多。

「晚煙，寶貝女兒，妳沒事吧？」陳阿舍握著晚煙的手，連叫了好幾次名字。

「請放心，晚煙小姐只是睡著了，要不了多久就會醒來。」

「那個妖孽呢，我要將祂挫骨揚灰！」陳阿舍憤怒地問。

仙仔愧疚道：「實在對不起，都怪我判斷失利，讓祂給跑了。」

「跑了?祂會不會回來找晚煙麻煩？」

這很難說。仙仔自然不能這麼回答，「儘管放心，祂受了重傷，沒能力做怪。」

接著仙仔趕緊扶起玉彌，玉彌見自己如此醜態，氣得甩開仙仔，大發脾氣道：「竟然讓我這麼漏氣，我一定要把祂切碎丟下油鍋炸。」

說著玉彌拾起七星劍，追蹤殘餘妖氣。

「陳阿舍，請你先好好照顧晚煙小姐，魔神仔的事情不用擔心。」仙仔拎好酒壺，也追了上去。

仙仔走的方向卻跟玉彌相反，他繞到擺滿農具的倉庫，盯著地上細碎的綠色液體。妖氣只是幌子，這些綠液才是真正的線索。

仙仔知道魔神仔躲在這裡，他小心翼翼進去，推開長滿灰塵的鋤頭，對著結滿蜘蛛網的角落喊話：「我知道你在這裡，自己安分點出來，否則別怪我放火符。三昧真火不好受吧，你就算皮肉再硬，也撐不住第二次。」

聲音迴盪了一會，堆著耙子的地方出現動靜，接著那個清秀的男孩按著被玉彌刺傷的手臂踉蹌出現。他身上滿是灼傷，面若槁灰。

仙仔一手摸著衣服內側，一手壓著帽子靠近魔神仔。

魔神仔率性盤腿而坐，顯示自己已無反抗能力。仙仔反而鬆了口氣，火符早就用完，若對方執意反抗，他還得另外想輒威嚇。

「為什麼、要、放我。」魔神仔口齒不清地問。他像方學說話的小孩，尚無法完整連貫語句。

「因為你也放了如煙小姐一馬，所以我想你也有不得已的苦衷。」仙仔關上倉庫的門，「還有，我有一些事情要問你，請你配合。」仙仔把手更深入衣襟內，以示威脅。

魔神仔沒有回答，生硬地微微點頭。

「出來吧。」仙仔搖著酒壺，但賴康卻沒反應，「怎麼了，你不是很想知道誰是兇手？」仙仔又用力搖了幾下，賴康才肯飄出來，一見到那個魔神仔，立即嚇得躲在仙仔身後。鬼很怕魔神仔，特別像賴康這麼膽小的，即使對方身受重傷，也不敢直視。

第四章　小芒

「小芒。住虎頭山。」魔神仔比著自己，羞澀地自我介紹。

如仙仔所料，小芒雖然妖力很強，性情倔傲，但本質上跟個孩子一樣。以他的能力，一盞茶工夫就能取走晚煙性命，卻遲遲沒有下手。仙仔鑒於此，才忖著用欲擒故縱的方式，會比硬來有效果。

仙仔把賴康拉到跟前，指著他的臉問：「老實回答，這個人你認識嗎？是不是你從中作梗？」

「作梗？不懂。」小芒的神情已經很痛苦，為了猜測仙仔的用詞，扭曲的更嚴重。

「你是否殺了他。」仙仔只好直接問。

小芒睜大眼睛，慎重的打量賴康，這讓賴康覺得渾身不自在。但小芒搖頭，表示從未見過。

這不是讓人滿意的答案，若賴康是小芒幹掉的，那麼順藤摸瓜，就能找出是誰想對陳阿舍不利。

問題是小芒的話能不能全信。

仙仔指揮道：「請你把手掌翻開。」

小芒猶豫了，右腿微微展開，似乎想趁機逃走。但這些小動作瞞不了仙仔，他勸道：「這時候合作對你比較有利，畢竟你也是身不由己吧。」

「小芒，不想，殺。」

「我知道。」仙仔用信任的眼神看著他。

小芒的眼睛卻透漏恐懼之色，彷彿無形間有股牽制的力量。仙仔忽然翻開小芒的手，讓小芒嚇得眼光發青，賴康見到凶光四射，立刻躲到一堆鋤頭後。

仙仔按住小芒的手，念了一段咒詞，這時小芒手上浮現一道金光。那是鎮壓妖魔的降魔符，而且更為高等，能直接鎖住元神，要是妖魔有異動，不消吹灰之力就能讓之元神俱滅。對小芒施咒者肯定修練到非常高段。

「混帳，根本是混帳。竟然用你來害人。」仙仔鬆開小芒的手，憤怒捶地。

雖然仙仔早就猜到，魔神仔會闖入民宅害人，原因肯定不單純，但證據擺在眼前時他簡直怒火中燒。從古至今，濫用術法的妖道不計其數，每每禍害蒼生，仙仔最厭惡的就是這種人。

只是光憑小芒手上的降魔符，仙仔無法看出是誰所下。

賴康沒想到脾氣溫和的仙仔竟大發脾氣，可見這符咒的厲害。

「看著我的眼睛，對，眼睛。告訴我是誰控制你，我保證會替你解除降魔符。」

「小芒、不、說。」小芒嚅囁道。他極為害怕，像個手足無措的孩子，絲毫不像害了晚煙的魔神仔。

「你想回去虎頭山吧？」賴康畏懼地緩緩靠近他。

小芒頷首。

「可是又不想對晚煙小姐下手。」

小芒用力點頭。

賴康甚至靠得比仙仔還近，跟小芒只有不到半步的距離，雖然小芒散發的妖氣還是讓賴康不寒而慄。

「我們都有不得已的苦衷，算是同病相憐，」賴康趕緊修正用詞，「就是我們都很可憐，不過我很幸運遇到仙仔，我想你也可以跟我一起相信仙仔。」

「相信。」小芒看著仙仔。

賴康就像一個大人對害怕的孩子綻露溫暖微笑，融去孩子心中的恐懼。小芒悲傷的低頭盯著手掌，似乎陷入抉擇。

「我保證晚煙小姐不會怪你，因為小姐最善良了，就跟你一樣。」賴康拍著胸脯。

「可是、朋友、符咒。」小芒的聲音聽來彷彿啜泣，讓原本就不好懂的話語得更難懂了。

仙仔跟賴康還想繼續勸小芒，他們卻漏了一個人。

玉彌循著妖氣追至倉庫外，那動靜使小芒縮緊身子，眼裡再泛青光，賴康忍住後退的衝動，伸出友善的手握住小芒。

「仙仔，你在裡面嗎，拖住那傢伙，我馬上來。」

「糟！」

仙仔想藏住小芒，但來不及，玉彌踹開倉門，持著七星劍殺氣騰騰進來。

小芒突然散出大量妖氣，推走賴康，腳纏住仙仔，掐著仙仔的咽喉，兇惡瞪著玉彌。

「臭小鬼，放開仙仔！」

「小芒，你在做什麼？」

「不能違背。」

「怎麼辦啦！」玉彌焦急跺腳。

這時仙仔想乾脆配合小芒，等出去後再找個無人的地方繼續談話。但小芒卻是認真的以仙仔為質，他怒吼道：「走開、離開。」

玉彌守住門口，不肯退讓一步，又擔心小芒真的對仙仔不利。

小芒尖利的指甲輕輕插入仙仔的皮膚，血痕立現。這把玉彌嚇著了，她只好讓出門口，小芒踢了仙仔一腳，要他往門口移動。

一接近出口，小芒鬆手逃離，玉彌看準時機，刺向他的腹部。仙仔卻擠走小芒，自己接下那一招，幸而玉彌反射神經快，立刻偏移軌道，劍鋒只滑過仙仔側腹。

這樣就好了。走吧。仙仔用眼神將訊息傳達給小芒。

小芒轉過身，不是向外逃，反而化作一團黑煙衝向玉彌。

「啊——」玉彌沒料到這記回馬槍，只能雙手擋住臉部。

仙仔無可奈何，扔出符咒彈飛小芒，黑煙撞到牆壁跌在地上，再次變回小男孩。玉彌怒不可遏，當頭一劍劈去，小芒頭頂出血，卻也弄斷七星劍。

小芒發出尖叫，逼得玉彌跟賴康摀住耳朵，他生出尖牙，瞄準玉彌細嫩的頸子。

仙仔明知小芒故意引誘他攻擊，但此刻他不能停手，否則小芒會瞬間吸乾玉彌的陽氣。

「天地玄宗，萬氣本根；廣修萬劫，證吾神通。」仙仔詠唸，手發金光。

小芒驀然停止，綻出笑靨，宛若天真無邪的孩子。

他敞開雙手迎接仙仔的攻擊，金光將他包覆其中，對他造成巨大損傷。原先火符的傷，加上淨魔咒的作用，小芒已做好身滅的準備。金光從小芒七竅湧入，他猙獰地倒在地上，痛不欲生。

仙仔萬般算不到小芒為了封口，甘願犧牲自己的命。

小芒的妖氣，數百年修為全被散出體外，輕浮於空，只剩一具殘軀。仙仔緩緩抱住他，不捨地說：「你這是何苦。」

「朋友、小芒不能害朋友。」

「誰？」

「你、朋友、他、朋友，朋友。」小芒越來越虛弱，只能反覆說同樣的詞。

仙仔仍然不懂他的意思，但能感受一個魔神仔真摯的情感。

最後，小芒嚥下最後一口氣之前，指著仙仔莞爾道：「朋友。」

「仙仔，小芒去世了嗎？」賴康不敢置信地問。方才情勢太過混亂，導致他無法反應。

「小芒？」玉彌像個局外人，但仙仔跟賴康沉浸在悲痛情緒裡，沒人能夠告訴她發生什麼事。

小芒的軀體慢慢發出白光，接著擴散至全身，乍然裂開，化作煙塵。

仙仔伸手向空中捉了一把，嘆道：「魔神仔也比人懂得情義二字。」

玉彌越發不懂，但仙仔跟賴康都沉默著，她只好陪著他們靜靜哀悼。

※

走回到陳家大堂，陳阿舍跟管家正著急，見到仙仔，趕緊問情況如何。

「魔神仔已經被趕走了，以後再也不會騷擾晚煙小姐。」仙仔正色，彷彿方才什麼事也沒有。

陳阿舍這才放下心，「仙仔果然名不虛傳，您要多少錢都沒問題，我都出。」

「先不說錢的事，請問在小姐發作前，貴府是否有收到什麼奇怪的東西？」

「仙仔，我生意接觸的人很多，家裡常常有人捎來禮品，不知道您問的是什麼。」

「老爺！」管家忽然大叫一聲，「難道是給小姐的那個？」

「快去小姐房裡！」陳阿舍臉色驚愕，立刻趕往晚煙的房間。

經一番休憩，晚煙已經醒來，她虛弱地張開眼睛，看著四周鬧哄哄。

陳阿舍從晚煙放在枕頭旁的香囊裡取出一張符，遞給仙仔，「前陣子有人給了這張符，說是保平安的，小女拿了符後身體才開始出現異樣。」

「果然。」仙仔緊緊捏著黃符，「這是引來魔神仔的邪符，您還記得是誰送的嗎？」

「老爺，這不是謝桑——」

陳阿舍示意管家住嘴，但仙仔急迫想查出是誰犯下這種罪行，連追問道：「陳老爺，若你想到什麼請全部告訴我。」

不過陳阿舍語帶保留：「仙仔，陰界降魔之事你很在行，但人間俗務還是由我自行處理吧。」

裡頭肯定有盤根錯節的利益糾葛。陳阿舍態度堅決，仙仔也不好纏問。

他蹲在晚煙床旁，心疼地問：「心肝女兒，妳身體好些了嗎？有問題快跟爹說，爹會請仙仔幫妳。」

「仙仔？是神仙嗎？」

陳阿舍笑指仙仔，「就是這位活生生的仙仔。」

晚煙勉強擠出微笑，乖巧地向仙仔和玉彌點頭致謝。

「陳老爺，令嫒剛恢復精神，還是讓她多多休養，另外記得請醫生來一趟，畢竟我只會除妖，調養身體的事還是請醫生較為妥當。」

陳阿舍知道仙仔在用剛才的話反諷，他只好笑著稱是。

晚煙忽然揚起虛弱的聲音，「爹，這幾天我夢奇怪的事情喔。」

「怎麼了，是不是身體還不舒服？」陳阿舍擔憂地問。

「不是啦。我夢到一個很可愛的小男孩陪我玩，我們在一座山裡跑來跑去，那裡開滿漂亮的花。」晚煙疲倦地停下，喘了口氣繼續說：「可是剛才我夢到他說不能再陪我玩了。」

晚煙露出失望的神色。

陳阿舍以為這是中邪的後遺症，連忙望向仙仔，仙仔說：「別擔心，您只要多陪小姐，這症況很快就不藥而癒。」

「爹，我肚子餓了。」

晚煙這席話點出時近向晚，仙仔跟玉彌忙了一天粒飯未進。

「快吩咐廚房煮飯，越快越好。」陳阿舍也請仙仔留下來用餐。

仙仔欲婉拒，賴康卻說：「別急著走啊，我想看一下新來的廚子廚藝如何，合不合老爺跟小姐胃口。」

玉彌早就飢腸轆轆，便替仙仔答應。於是兩人被請到客房裡，等待用餐。玉彌問起倉庫的事，仙仔這才一一說出來。

最讓仙仔掛心的是送邪符的人是誰，從陳阿舍跟管家不對勁的表情判斷，很可能是生意上的競爭對手。但替那個人想出這種陰損法子的幕後黑手是誰？

「仙仔，全台灣有這能力的沒幾個，把那些壞名聲的道士一一找出來就知道了。」

「沒證據怎麼能胡亂定罪，何況我們不知道的高人尚不知多少。」

「哼，他們怎樣也比不上你。」

「說到謝桑，如果是做土木工程的謝桑，我倒是知道一點。他常常來家裡吃飯，而且一直稱讚我的菜很好吃。」

「好了，別捧你的廚藝，那個謝桑是陳阿舍的敵人嗎？」

「我不太清楚耶，不過好像有為一些建案起過糾紛吧。」

「所以那位謝桑才用這麼陰毒的招數？」玉彌義憤填膺地說：「竟然對一個小女孩下手，別說七娘媽不會放過他，我第一個揍他一頓。」

「我猜邪符本來要纏著陳老爺，卻陰錯陽差跑到晚煙小姐身上。」仙仔說。

不過放邪符的道士定沒想到小芒下不了手，寧願自取滅亡。

「這跟賴康的死有關係嗎？雖然那個魔神仔說不是他殺了賴康，可是誰知道是不是隱瞞了什麼——」

方聊出頭緒，門外傳來侍女的聲音，請兩人到飯廳。於是話題只好停住，他們到了飯廳，圓桌上已擺滿各式佳餚。糧食配給緊縮的年頭，就連知名酒樓也端不出這種大宴。

陳阿舍拱手道：「仙仔，玉彌姑娘，請入座。」

「你不會讓晚煙小姐吃這麼油的菜吧？」玉彌問。

「哈哈哈，姑娘說笑了，我已經請廚子做些清淡的給晚煙。」陳阿舍用筷子比畫菜餚，「這都是新廚子做的菜，說實在話功夫遠不如賴康，如果有機會一定讓兩位吃看看賴康的手藝。」

仙仔可以想像賴康在酒壺裡露出驕傲的樣子。

「您有想過那位大廚是否遭遇危險？」仙仔問。

「賴康做人老老實實，不可能招惹別人。」陳阿舍緊鎖眼眉，頻頻搖頭。

談話之際，玉彌已不客氣的動箸，如陳阿舍所言，手藝沒賴康好，但絕對能匹敵大酒樓的大廚。

突然方才來請仙仔到飯廳的侍女憂心忡忡走來，不安地說：「老爺，小姐她吃不下，說是想喝賴康煮的湯。」

第五章　神社之邀

陳阿舍愁著臉，縱然他富甲一方，又怎麼可能讓賴康憑空出現。

「叫小姐別任性，吃飯才有體力。」

「已經哄過了，但小姐說那些菜她沒胃口吃。」

仙仔也說：「晚煙小姐現在身體很虛弱，多少都得吃一些，若真不行，讓她吃點糖也好。」

「好，吩咐廚子做一些甜的，算了，我去看看晚煙。」陳阿舍乾脆起身，向仙仔作揖道：「真是不好意思，請兩位先用。」

「陳阿舍，你去了小姐也不有胃口的。」玉彌叫住陳阿舍，她胸有成竹地說：「最好的方法呢，就是由我來處理，因為小姐身體初好，對吃的特別挑，交給我包準小姐滿意。」

「瘋啦，妳的手藝會嚇壞晚煙小姐的！」仙仔急忙制止她。

「真的？只要能讓晚煙吃飯，隨妳開價。」陳阿舍笑盈盈地說。

仙仔只能撓頭，硬著頭皮跟玉彌去廚房。

「我做菜不習慣有生人幫手，除了仙仔的人麻煩迴避好嗎？」

陳阿舍趕緊把廚房的人都驅出去，「玉彌姑娘，一切交給妳了。」

等人都散了，仙仔慌忙地問：「妳真的打算做那種料理？」

玉彌好整以暇吃著雞胸肉，咂咂嘴說：「你的話太過火囉，我煮的菜才沒這麼難吃。再說我又沒說是我煮。」

酒壺猛力的搖動，賴康已迫不及待出來。

仙仔倒是忘了賴康就在這兒。他搖了搖酒壺，賴康精神奕奕地飄向放菜處，回到熟悉的環境，如以往挑菜洗菜，笑容裡洋溢幸福。

仙仔後悔沒學玉彌偷渡一盤雞肉，只好啃小黃瓜解饞。玉彌在廚房裡四處繞，拎起廚具翻看，問：「這裡跟你最後一次煮菜時一樣嗎？」

「每位廚師的習慣不同，不過新來的廚師跟我大同小異。」賴開高興地哼歌，似已淡忘不久前哀傷的情緒。

賴康駕輕就熟，不一會就煮好一鍋味噌湯，香味引來仙仔和玉彌垂涎。但賴康張開手阻擋，說要等晚煙喝剩下才准拿。

拗不過賴康，玉彌只好到飯廳喚陳阿舍。

侍女端著那鍋味噌湯走進晚煙房間，晚煙一聞到味道，便坐起身子，等不及要喝湯。晚煙的味覺遠比陳阿舍敏銳，幾乎已認出這就是賴康的手藝。不用侍女餵，晚煙自己端起碗，小口小口吮著。

「阿賴回來了嗎？」晚煙笑靨燦爛。

陳阿舍不明就裡，他介紹道：「這鍋湯是玉彌姑娘煮的。」

站在仙仔身後的玉彌朝她揮手，調皮地吐出舌頭。

「我以為是阿賴——也對，他回來一定會來看我。」晚煙看起來很失落，但手沒停止舀湯。

若她能看見靈體，便知道賴康蹲在一旁看她吃得津津有味的模樣。

「真的這麼好喝嗎？」玉彌不禁走到晚煙身旁，笑盯著她濺滿湯汁的小嘴。

「嗯，跟阿賴煮的一樣好喝，姊姊好厲害。」

「哈哈，第一次有人稱讚我的手藝耶，不像某人不識貨。」

仙仔只能無奈的笑。

陳阿舍激動地說：「你們這次真的幫了我大忙，請儘管開口，要多少錢都不是問題。」

「比起錢，我更好奇邪符的事。」

「仙仔，有些事情不好談，但若有狀況，我一定會請你來。」陳阿舍搪塞，隨即要管家抱來一個箱子，裡面裝滿一圓鈔票。

仙仔心頭放不下邪符，但管家讀懂陳阿舍眼色，忙請到他到飯廳繼續吃，接著便送客。既然陳阿舍不願說，仙仔只能離去。

※

四日後，一則大新聞震驚整個台南州，成為街頭巷尾茶餘飯後的大八卦。主標題是州廳一名高級官員暴斃，還有幾位幹員也死因不明。

由於此時戰況緊急，州知事不希望因此民心浮動，嚴加禁止人們討論，但警察一走，大家又竊竊私語起來。當玉彌把消息告知仙仔時，仙仔第一個想到的就是魔神仔。雖無根據，但仙仔不忘陳阿舍的事件。

「鈴木先生，是理著平頭，留小鬍子那位嗎？」賴康正在準備早餐，看到晚煙滿足的笑容後他一直開很心。稍稍低吟一陣，說：「我記得他，好像是土木部的高官，在總督府很有人脈。他最喜歡吃生魚片，還稱讚過我的刀工。」

說到這，賴康忍不住說豐功偉業的毛病又犯，看到玉彌打著哈欠，他才趕緊拍拍自己的嘴，

「總之鈴木先生跟老爺往來密切，我記得有次謝桑也在場，他跟鈴木先生大吵一架，差點沒打起來。」

「謝桑……」再次聽到耳熟的名字，仙仔的心不禁揪了一下。發生麻煩事的時候總會有這個名字。

「這些日本人難道都是謝桑幹掉的？」玉彌說出仙仔埋藏於心的想法。「仙仔，你不是有去七娘媽那裡問，七娘媽有什麼指示？」

「七娘媽有特別照顧晚煙小姐了，但邪符的事……」仙仔搖搖頭。

「對了，賴康，你知道謝桑住哪嗎？我們乾脆直搗黃龍，殺個措手不及。」昨天玉彌才特地去隔壁町看戲班演岳飛與十二道金牌。

「我怎麼會知道呢。」賴康端出方蒸好的饅頭，「試試看吧，這次我改變揉法，吃起來更有嚼勁。」

玉彌拿了一顆，半開玩笑說：「你還真不擔心自己的冤情耶，是不是覺得做鬼比做人逍遙多啦。」

「有仙仔幫忙，我就覺得沒什麼好怕的。」

「你來了之後，每天都有好吃的，還真捨不得你投胎呢。」

「這樣說我會很害怕耶。啊──」

玉彌被賴康突然一叫，差點沒被噎著。她趕緊拿水壺往嘴裡倒，吞下饅頭。

賴康看著仙仔說：「仙仔再過幾天就要走啦！」

建醮已經到了尾聲，按照往例，仙仔又要雲遊四海。

這下賴康慌張了，他晃著仙仔，差點沒把帽子給晃下來。「你不可以丟下我啊，不可以。」

「好，我答應你事情沒結束前絕對不走。」仙仔壓住帽子。

仙仔並不緊張，雖然整件事仍然撲朔迷離，可他自有辦法。

看著仙仔堅信的眼神，玉彌卻鬱鬱寡歡，日子過得好快，等了一年，相處沒幾天卻又要分開。她悄悄說：賴康乾脆一直找不到兇手算啦。

「什麼？」賴康聽見玉彌喃喃，忍不住湊上來。

「沒事。」她怪賴康不該提起掃興的事，一把推開他。

玉彌鼓著嘴，拿起饅頭打算去廟前慢慢吃，推開門卻換她大叫。

原來是個戴日式斗笠，穿白張的小童站在門口。仙仔眼角瞥見了，不慌不忙走出門外迎接，從容的樣子像是早知道有人會來訪。

「主人有請。」小童給了他一串風鈴。

「知道了。」

玉彌定睛一看，才看清來者是誰。小童說完話，轉個身立即消失無影無蹤。

「那是誰？」賴康問。但他知道那肯定不是人。

「神使，請我們去作客的。」仙仔瞧了眼風鈴，「唔，今天啊，我們得準備一下，那位不喜歡客人遲到。」

仙仔並未說對方來歷，但從他謹慎的樣子，便可知道來者不簡單。仙仔去找七娘媽時眼神也未如此凝重。

玉彌將頭髮盤起插上髮釵，換了一件粉色的碎花洋裝，舉手頭足溢滿年輕氣息，完美呈現十八歲的年華。

賴康拍手道：「打扮起來還是挺能看的嘛，不要老是穿一身黑衣服。」

「閉嘴，而且我又不是喜歡才穿那身黑服，還不都是配合廟裡。」玉彌嘴裡雖碎念，臉上倒很滿意這個打扮，她興沖沖問仙仔的意見。

仙仔說：「其實不必穿成這樣。」

「我是在替你掙面子耶。」玉彌沒好氣地說。

「嗯，偶爾換個造型也不錯，只是這個粉紅色，嗯，也許過一陣就看習慣了。」

「好啦，以仙仔來說是很高的稱讚囉。」賴康忍住笑說。

等賴康進入酒壺，仙仔拿布包了幾顆饅頭，出發赴會。

他們叫了人力車，走了二十分鐘，來到一處爬滿藤蔓的女兒牆前，對面是一間冰店。天熱，冰店座無虛席，綠色的製冰機嘎嘎作響，將大冰塊削成綿密碎瑩。玉彌用手搧身體，也想去吃冰消暑。轉身瞅去，他們看見五個穿白張的小童捧著銀盤進入兩道牆間的縫隙，步伐慢而規律。只是那縫隙僅有小孩子鑽得進去。

仙仔拿出風鈴，發出清脆聲音。

緊接著女兒牆旁出現一條長滿竹子的石徑，路旁行人跟車夫不以為意，彷彿什麼也沒看見。兩人一前一後走進石徑，涼風拂來好不舒坦，仙仔拿下大甲帽，嘆道：「真懂得享受啊。」

路的盡頭出現位於隔壁町的神社，是附近日本人的精神寄託之處，雖然州府希冀當地人也一起參拜，但當地人還是情衷原本的信仰。

這下賴康才明白要見的是日本天神。怪不得仙仔如此慎重。因為地頭上有日本人被害，仙仔自然被找來問話。

五個小童驀然捧著銅盤走到面前，銅盤上放有勺子跟水，玉彌跟仙仔按照規矩洗手，等用水洗完右手，置回勺子，最後一個孩子的銅盤放有毛巾以供擦手。

小童看得見賴康，示意他跟著做。

等洗完手，五個孩子才引領他們到偏房。

忽然一隻肥大的白色手指伸出房間，用低沉的嗓音說：「讓客人進來吧。」

仙仔將帽子夾在腋下，躬身進入六坪大的房間，天花板中央則掛著一條繫著鈴鐺的麻繩，軀體碩大的長髮老嫗佔去一半以上的位置。祂只有一個略顯疲倦的眼睛，鬆垮垮的肚子壓住雙腿，又粗又長的手臂則相當靈活。那五個孩子方才捧的銀盤就放在一旁，放著一大塊冰。

賴康摀著嘴，以免發出慘叫，他差點沒說這不是妖魔鬼怪之類的話。

「真好，一叫就來了。可惜阿通不在了。」大宜都說的阿通乃前任廟祝。

「大宜都，好久不見了。」仙仔向她鞠躬。

「嗨。」玉彌熱絡寒暄。

「這是小玉彌嗎，四年不見，變得好漂亮。是不是要嫁人啦？」

「還早呢，還早呢。」

當大宜都凝視賴康，賴康立即跪坐，磕頭道：「草民賴康，向大人請安。」

「真是有趣的小淘氣。」大宜都咧嘴大笑。

仙仔把饅頭放在銀盤上，讓童子遞給大宜都，大宜都吃了很是滿意。賴康再趕緊磕頭說：「謝謝大宜都賞識。」

「別這麼拘束，否則我都不敢說出請求了。」大宜都忍不住皺眉，憂心說道：「我跟小滿宮來這個炎熱的地方已經五十年，可是看起來也住不久。來了這裡五十年，算著也要到頭了，隨時都會被召回高天原。本想守護信眾安穩回去，卻沒想到一點也不安穩。」

「話說回來，我看到神樂臺好像有點破損，這應該不是空襲的緣故？」玉彌說。

「不是不是，」大宜都用長手拿了冰塊往嘴裡塞，嘆道：「但說起來跟空襲也有點關係。那天鬧哄哄的，有些臭小鬼趁機來搗蛋，真是惱人啊。」

大宜都滿意地吞下冰塊，將長髮往後撥開，那隻大眼睛凝視仙仔，「我不妨直說，我可愛的人們無故被殺，實在很懊惱。」

果然是為了日本官員暴斃的事。

「我明白，但也不能說是我們的人做的吧。」仙仔說。

「你看，這是在鈴木身上找到的。」大宜都用長手拿來一張黃紙，「日本人身上找到這個，怎麼想都很不合理呢。」

邪符。仙仔一眼就認出那張符紙。若事情處理不好，會演變成更嚴重的糾紛。

大宜都的眼睛變紅，語帶譴責的說：「這玩意兒是你們專有的吧，這樣我還有冤枉誰嗎？」

賴康怕得微微後縮，但一下就撞到牆。

「事實上我也正在調查邪符，請放心，這件事定會水落石出。」仙仔開始覺得這些事並非偶發，背後定有相當嚴密的陰謀。

「我當然相信你了，只是最近太多事情要操煩。」

這時搖鈴輕曳，發出呢喃細語，皆是虔誠信徒的祈求。不外乎戰爭順利，保佑國家。

「有些事即便是我們也辦不到的。」大宜都苦笑。

第六章　意外線索

日頭越掛越高，到達最大直射角，玉彌向外探去，屋簷的影子被日光吞去，光見到這情景，就能想像外頭多熱。

「也該吃午飯了。」大宜都伸著懶腰，緩緩站起來，伸手一比，出現一條廊道。「不介意的話一起用餐吧。我正好也請鈴木先生一起吃飯，想必仙仔有很多話想問他。」

仙仔喜出望外，能直接詢問本人當然再好不過。賴康自告奮勇準備午宴，大宜都方吃過他親手蒸的饅頭，喜孜孜地說：「我最愛好吃的料理了，伙房就在後面，你可以盡請使喚小童們。」

賴康愛料理的心真正「至死不渝」，只要有機會做菜都不會放過。

大宜都手一揮，原本筆直的廊道岔了個彎路，通往廚房。廊道外小橋流水非常精緻，並掛有許多風鈴，薰風拂來叮叮噹噹，感覺涼爽不少，與方才炎熱的風景完全不同。

玉彌忍不住張開手，像要擁抱微風，「這裡好棒啊，真想吃完飯睡個午覺。」

「這倒是真的，可惜人類不能在這兒待太久，否則我也好想小玉彌陪我聊聊天。」大宜都感慨地說：「但住在這兒的日子也不多囉。」

走了一段路，一道拉門忽然出現，等大宜都靠近就自動打開。門內是精美的房間，有一盞極大的金粉屏風，繪著百穀齊放的景象。角落裡已經有人等待，平頭、小鬍子，跟玉彌一樣高。

「鈴木先生？」仙仔跟玉彌同時叫出他的名字。

「哦，兩位認識我嗎？」鈴木向他們行禮，再向大宜都深深一鞠躬，「相當感激爾邀鄙人進行餐敘。」

「鈴木他啊，該怎麼說呢，心有冤屈，所以暫時不過三途河。」大宜都請仙仔跟玉彌坐下，

「但這種時節，有冤的人可不少。」

大宜都替雙方相互介紹，鈴木恍然大悟地說：「您就是傳說中的仙仔？我以為您是比較年長的人，想不到這麼年輕。」

仙仔拿下大甲帽，顯露一頭乾白髮。這讓鈴木更覺驚訝。

「雖然有些唐突，但能請鈴木先生告訴我這張符怎麼來的嗎？」仙仔掏出邪符，放在榻榻米上。

鈴木驚慌地指著它，「就是這可怕的東西！就是它！我不會忘記，變成鬼魂也不會！」

儘管那張邪符已是廢紙，鈴木還是相當畏懼。

「這次來訪，正是想詢問有關邪符的事。」仙仔收起符咒。

「啊，太可怕了，簡直像中了狐狸的妖法。」鈴木哭喪著臉，滿面委屈，「給我這張符紙的人說這是好運符，我看他相當和善，氣質仙風道骨，就不疑有他，誰知道那是惡夢的開始。或者該說報應？」

鈴木說起收到邪符後，夜裡夢魔纏身，三日內因而消瘦十三公斤，吃了醫生開的處方藥也不見成效。在昏沉兩日後，他決定來求大宜都賜福，結果夢裡的妖魔忽然現身，他所剩無幾的陽氣瞬間乾涸，當場暴斃。

仙仔已經可以確定下手的是不同於小芒的魔神仔，而且手段殘忍數倍，毫不留情。

「所以了，仙仔會替你處理這件事，讓你早日放下執念。」

「嗯。」仙仔用力點頭，「你認識拿符咒給你的人嗎？或是能清楚描述他的長相。」

「是誰……我不認識，但說句不禮貌的話，他比仙仔您更像一個修道人，卻沒想到是個可怕的人啊。」

「人不可貌相！」玉彌插嘴道。

「是，姑娘說的沒錯。其實這陣子我事情一直辦不好，遭到知事的教訓，一次喝悶酒的時候，有個人引薦了那個道士給我。」鈴木先向大宜都謝罪，「那時候我真的很心煩氣躁，想找個現成的解決方法……」

大宜都欣然點頭，祂在成千響亮的鈴鐺聲裡也曾聽過鈴木的困擾。

仙仔身體虛向前，聚精會神聽著鈴木的證詞，只要查出引薦人，接著順手推舟，很快就能找到那個用邪法的道人。

「上菜囉。」

拉門自動開啟，小童端著黑漆盒子慢步行進，將料理一一放在眾人面前。賴康滿意的卸下圍裙，笑得合不攏嘴：「這裡的食材比陳老爺家還多耶，有的還很難得看見呢。」身為廚師，大宜都備物齊全的廚房儼然是天堂。

鈴木見到賴康，卻驚愕不已，他問：「你怎麼在這裡？」

「我？鈴木先生認識我嗎？」

「別過來，你是來跟我討債的嗎？我已經死了，你還要陰魂不散？」鈴木語無倫次。

仙仔看見突破口，他進一步問：「這個人的死跟你有關係嗎？」

「沒有！我、我不知道——」鈴木跪著奔向大宜都身旁，發顫道：「救我，請祢救我啊！」

先前仙仔已經跟大宜都說過賴康的事情，因此大宜都明白仙仔的眼色，祂用長長的手抓住鈴木，將他送到賴康面前。

「救命啊——」鈴木瘋狂大叫。

「是你殺了我？」賴康狐疑地盯著鈴木，因為他想不出鈴木為何要下手的理由。

「跟我沒關係，那天你被打暈我就走了，我根本不知道你會被殺。」

「鈴木先生，看來處理你的事情前，要麻煩你先配合我調查賴康的事。」仙仔嚴厲地說。

「大宜都，請禰幫我！」鈴木哭求道。

玉彌在一旁幫腔道：「仙仔只要彈彈手指，你也不用過什麼三途河，立刻會魂飛魄散。」

但身為事主的賴康仍然搞不清狀況，他的記憶裡根本沒有鈴木。

「好了，好了，鈴木先生先別激動，一邊吃飯一邊慢慢說。」大宜都把他帶到位置上。

仙仔跟玉彌掀開蓋子，等鈴木說話。

「那天我只是被找去喝酒，賴康也在，但他聽到我們的事情，我只是打暈他，然後就走了。我不知道後來他被殺掉，真的——」

「等等，我跟鈴木先生喝酒？」賴康連自己有去喝酒的事都記不得，何況是跟誰喝。

「那麼你怎麼知道賴康死了的事情？」仙仔問。

「夢裡、噩夢，就是我拿到那張怪符咒後，賴康一直在夢裡跟我索命。」鈴木可怖地說：「然後他出現在我面前，我就死了，死了。」

魔魅。仙仔念出兩個字，正是纏著鈴木的魔神仔。魔魅可以操控受害者的夢，製造恐懼的回憶折磨受害者，等到剩最後一口氣再一次收割。

「賴康的手藝真棒啊，如果不打算投胎，來我這裡當廚子吧。」大宜都吃得津津有味。

賴康敲了敲頭，質問：「為什麼我一點印象也沒有？」

「因為喝醉了又被敲暈的關係吧，所以造成記憶斷層。」玉彌說。這是之前他們就猜測過的原因，現在已經從鈴木口中得到驗證。

「鈴木先生，那麼殺害賴康的兇手是何人？」

「我不確定，那天除了我之外還有其他人，他們是——」

大宜都突然躍身飛起，拉門砰一聲被炸壞，飛來十多隻黑箭，大宜都踮著腳飛旋，將黑箭反掃回去。三道帶著般若面具的狹長魅影衝進門，仙仔趕緊拉走玉彌跟賴康，但魅影的目標是鈴木，其中一個將鈴木吞進肚，得手後迅速逃走。

這明顯是要滅口。殺人滅鬼，直到魂飛魄散，再也構不成威脅。

五個白張童子拿下日式斗笠，變回猙獰惡鬼，用壯碩的身軀擋住出口。仙仔要玉彌他們找地方躲著，他則繞至魅影背後。

這次赴會仙仔毫無妨備，符咒、法器全放在城隍廟，他只能靠咒文應戰。

「天地自然，穢氣分散。洞中玄虛，晃朗太元。」

一道清光出現，匯集仙仔之手，重擊魅影背部。但魅影行動如風如雷，瞬間化成無數黑光，又瞬間凝聚。另外兩個魅影力抗五惡鬼，惡鬼雖勇猛，但打在魅影身上卻不痛不癢。

大宜都張大嘴巴，一口吞掉與仙仔戰得難分難解的魅影，只落下般若面具。

吃了鈴木的魅影鑽了空，逃到五惡鬼身後，急速逃逸。

仙仔驟然止定，眼睛一闔，再開時元神出竅，藉元神瞬移至魅影跟前，一掌飛快打中其腹，吐出被黑色濃稠液體包裹的鈴木，那隻魅影也灰飛煙滅。

最後一隻魅影沒有因此逃走，竟折返回來，趁機攻擊只剩軀殼的仙仔。元神出竅後，軀殼比雞蛋殼還脆弱，莫說一般人就能摧毀，遑論是具有攻擊性的妖魔。

玉彌飛撲過去，推倒仙仔的軀體，自己則遭受魅影襲擊。一絡絡黑氣灌入七竅，直接侵害元神。玉彌耳鼻出血，手腳劇烈顫動，意識即將撐不住強烈痛楚。

這時仙仔元神回體，大宜都一把捉住魅影的尾巴，想將魅影硬拖出來。但硬拖會讓玉彌更危險，魅影的氣已經盤住她的五臟六腑。大宜都只好放手。

若有法鈴在身，還能用此嚇走魅影，但此刻一無所有，仙仔只能唱咒，抵禦魅影撕裂玉彌的元神。

「大宜都，幫我撐著！」仙仔停止念咒，讓大宜都接手。

接下來仙仔吸飽一口氣，捏住鼻子，閉眼朝玉彌嘴唇吻去，吹入真氣逼出邪氣。賴康看見這幕不禁用手遮眼。

仙仔一口換一口，讓黑氣從七竅裡噴出來，直到玉彌意識到仙仔正在吻她。玉彌將手放在仙仔背上，仙仔卻突然推開他，喊道：「就是現在！」

魅影被逼出玉彌體內，大宜都大口一張，將魅影狼吞進腹。

「這肚子真的是什麼都能裝。」賴康驚嘆道。

三隻魅影被解決掉後，惡鬼又變回可愛的童子，趕緊打掃紊亂的房間。

玉彌坐起來，嘔一聲吐出殘餘黑血，仙仔趕快輕輕拍背，邊說：「沒事了，有我在。」

玉彌摟住仙仔，潸然落淚，「我以為我會死，好痛，好痛。」

「不哭，沒事的，仙仔會陪在妳身邊。」

撕裂元神是痛徹心扉的痛，即便仙仔受到這種傷害也無法不吭一聲，只有十八歲的姑娘就更不可能忍受的住。

「鈴木先生。」賴康跑過去看鈴木的情況。

鈴木抱成一團，顫得停不下來。

殺了賴康的人背後定有天大陰謀，而且膽大包天，連神的居所都敢闖。大宜都不敢置信堂堂神居，竟然會受傖夫俗人挑釁。

「他們很可怕，非常可怕，沒有人能保護我。」鈴木緩緩起身，眼神恍惚地說。

「到底是誰？你說清楚啊。」賴康問道。他沒辦法將眼前的人跟州廳裡不可一世的官員放在一起。

被嚇傻的鈴木無法正常表達。仙仔輕輕放下玉彌，溫柔地說：「妳好好休息。」他用大量真氣護住玉彌的臟腑及元神，因此玉彌已沒有肝腸寸斷的劇痛，不過此刻身體非常的虛弱。

大宜都把鈴木抓回來，仙仔念了醒神咒，幫鈴木收驚。這還是他頭一遭替鬼收驚。喚了幾回，鈴木漸漸清醒，心有餘悸地捏著嘴唇。手依然顫抖，但至少已恢復理智，能夠回答問題。

仙仔不耐煩地問：「是誰下這種毒手？」

「我、我我我……」

「不用怕，我跟大宜都會替你作主，讓你順利渡過三途河。」

賴康替玉彌補充道：「否則不用別人綁你，彈個指頭就立馬魂飛魄散。」他還不忘打個響指。

「我跟他們做了交易，結果不巧被賴康聽見，我順手打暈他，然後就跑走，我不知道他們這麼狠毒。」

「別說得事不關己，交易是什麼，『他們』是誰？」

「說真的，我不知道為什麼他們要殺我，但你保證能保護我？」得到仙仔首肯後，才咬著牙說：「是謝桑，經營建築的謝桑，他想承包空襲後台南市重建工程，可是我還在猶豫，那個害死我的道士也是謝桑介紹的。」

「陳老爺跟謝桑是不是有過節，之前他女兒也中過邪符。」

「嗄？陳老爺的女兒，這個我就不知道了。」

八九不離十了。仙仔說。

賴康努力回想謝桑的模樣，他沒想到死掉那天竟然跟這麼多人喝酒。

「你剛說了『他們』，代表知情者應該不只謝桑。」仙仔用眼神逼問，希望鈴木不要繼續隱瞞。

「我沒撒謊，我知道其中一個是謝桑，其他人就真的不知道。」鈴木顫抖著，用最真摯的眼神看著仙仔。

第七章　三途河

在大宜都的逼視下，鈴木說出他記得的所有部分：當日他受謝桑之邀，參加聚會，準備討論建案的事，但他沒想到賴康也在場，當時賴康已經有些微醺。謝桑告訴鈴木不要介意，喝了幾杯酒後，便開始討論建案，接著又來了兩三個人。

鈴木說喝酒的地方很暗，燈光弱得只能看清楚眼前的人，另外的人坐在別的地方，只能聽見談話聲。但鈴木可以肯定大家討論的都是一樣的事情。

因為戰爭的關係，鈴木不敢太過明目張膽，想要婉拒謝桑，但謝桑反而拿出以前合作的案子要威脅。

結果賴康忽然指著他大喊「官商勾結」，鈴木一氣之下拿了酒瓶往賴康頭上敲，然後賴康倒了下去，鈴木也趕緊告辭。那之後他一直避開謝桑，後來終於在一次飯局上見面，謝桑對賴康的事隻字未提，謝桑介紹的道士說鈴木心神俱疲，才給了那張符。

「對不起，真的很對不起。」鈴木撲通跪下，希望得到賴康原諒。

「照你這麼說，我在見到你之前已經喝酒了？可是我又不會喝。」賴康還是一頭霧水。

「其他的事我一概不知，請相信我。」鈴木愁眉苦臉道：「但有人認為我知道太多，想讓我魂飛魄散……仙仔，你說會保護我過三途河對吧？」

「我向來說到做到。」

常言道：「人之將死，其言也善」，更何況鈴木已經成鬼，沒必要說謊。

現在鈴木對任何風吹草動都很敏感，他只想趕緊離開這個是非之地。

※

翌晚仙仔提著小燈籠照亮漆黑的林野，鈴木緊緊抓著仙仔的衣袖，四周不斷傳來窸窸窣窣的聲響。黑夜裡魑魅魍魎無所不在，每一個對鈴木而言都是極大威脅。

由於仙仔在大宜都的神居已發下保證，要安全護送鈴木渡三途河，因此仙仔便充當保鑣，帶鈴木到出海口搭船。過了界碑，樹林長得歪七扭八，靜得發寒，似乎前方會出現牛頭馬面也不奇怪。樹枝上掛著一盞盞燈籠，替來者引路。高瘦的樹直聳參天，枝椏像無數隻手遮蔽天空，只有入夜後找對門路才能順利進來這裡，一旦走錯就只能自求多福。仙仔對這兒很熟悉，步伐極快，鈴木雖然用飄的，竟有些跟不上。

走了一段路，一塊腐朽的牌子上寫著「陰陽界分，生人勿近」八個大字，有輛人力車無聲停下，拉車的問：「老闆，要不要搭車。」

鈴木正要回話，仙仔向拉車的搖頭，並給了一文錢，那輛人力車隨即就消失。

「你身上只有六文錢，還想坐車?當心付不出錢，坐霸王車的下場可不好過。」

「想不到做鬼還要煩惱錢的問題。」鈴木還以為那是往渡口的接駁車。

看見牌子代表渡口已經不遠了。兩人加緊腳步，遠遠便看見一旗白幡用娟秀的字體寫著「出納」，前面有個檯子是收錢的地方，後面則用長到看不見盡頭的木柵擋住，只留一個木門出入。忽然空蕩蕩的地方冒出十幾個排隊的鬼，鈴木只好排在隊伍後面。

收錢的是個極高、沒有臉孔的白影，有手腳，但指頭很模糊，頭部的位置有一處特別明亮，像鏡子一樣能反射，付錢的人都會看見自己的樣貌。一旦照過了，就不能流連人世。

仙仔知道規矩，當然避開那道白影。鈴木覺得很驚恍，影子類的東西會讓他想起闖進神居的魅影。

那道白影認識仙仔，向他比著身後的木門。

「鈴木先生，我去裡面替你打點，你付完錢就直接進來。」

跨入木門，濃霧忽散，一彎寂靜海岸映入眼簾。不遠處有個木造碼頭，輕煙中隱約停泊一艘戎克船。掌船的是個體型剽悍、通體濃毛的紅鬼，一雙銅眼凶光四溢，那駭人的模樣像是行駛途中餓了肚子會隨便抓個鬼果腹。仙仔的個頭只到紅鬼的腰下。

一看見仙仔，紅鬼肅穆的臉才露出微笑。

「仙仔，辛苦了。」紅鬼的聲音意外的溫柔。

「這次來是有件事想麻煩。」

「無事不登三寶殿，我明白啦。」

於是仙仔把鈴木的事情說了一遍，希望紅鬼一路上能保護他。

「哈哈哈，」他的笑聲相當響亮，把已經付完錢正在等待的鬼嚇了一大跳。「若有誰敢在三途河上搗亂，我絕對會把他踹入阿鼻地獄，永世不得超生。」

「有你這番話，我的心裡也放下一塊石頭。」

「你放不下的是玉彌妹妹吧。說起來，我有十個年頭沒見到她了。我記得她第一次看到我，竟然沒有嚎啕大哭，不愧是阿通選定的人。」

仙仔承認，「玉彌的確很有天分，但還不到我完全放手的時候。」

「家裡沒大人也挺麻煩的。」

「正是因為做了約定，我承諾會扛下一切的。」

「仙仔，別把自己累壞了。」

鈴木付完錢，害怕地走進碼頭，仙仔說：「就是那位了。」

仙仔喚來鈴木，替他介紹紅鬼，但鈴木看見縈繞煞氣、一臉兇相的紅鬼立刻跪在地上求饒。

「這是他的習慣嗎？」

「可以說是拜託你好好照顧他吧。」仙仔莞爾。

等到所有鬼到齊，紅鬼召集他們，拉出一條沉重的鐵鍊，鐵鍊另一端綁著好幾個青厲色的鬼魂，發出淒厲的慘叫。那是流連陽間胡作非為的厲鬼，準備帶到冥府嚴厲審判。

「各位好，我是你們的船長。」紅鬼鞠躬，「這趟旅程有我在，請各位放心。」

接著紅鬼講了一些規矩，說明航行時會遇到什麼狀況。紅鬼固然彬彬有禮，但那身板跟粗重的鐵鍊讓那些鬼直打哆嗦。

等紅鬼說明完畢，便讓這些鬼一一上船。厲鬼則被丟入水裡，他們因為作惡多端，必須被拖著渡三途河。這畫面讓船上的鬼魂們各個正襟危坐，大氣不敢哼一聲。

「鈴木先生，保重了。」

「對了，仙仔，明天參加我公祭的時候，能請你告訴我的家人我很好嗎。」

仙仔答應了。

他又說：「去了那裡，說不定能找到你要找的人。再見了。」

仙仔在岸上點頭，要鈴木別擔心。

紅鬼揚起帆，戎克船緩緩駛離岸邊，一眨眼船身沒入煙霧，變成一點黑影，最後消失。碼頭被一陣陰霧籠罩，仙仔知道該走了。

※

走回明月高掛的人間，一道刺眼光芒打在黯然街上，巡邏的警察喝住仙仔，「是誰？不要亂動。」那人的聲音裡能聽出畏懼，因為鈴木跟幾位官員暴斃，導致妖魔肆虐的流言四傳，所以夜巡的警察各個人心惶惶。

「我是仙仔。」

「不要亂動！再動我就拔刀了！」

仙仔只好乖乖站著，等警察過來檢查。

「很好，就是這樣，我再次警告你，別動！」

光源慢慢照近，仙仔只好瞇著眼。警察走近發現是個普通人，才放下心威武的問：「為什麼晚上在外遊蕩？身分，有什麼目的？」

那位警察相當年輕，仙仔忖他應是最近才來。不過就算是老警察，也是有許多沒見過仙仔。

仙仔當然不可能說剛才送人到三途河，肯定會讓警察嚇得屁滾尿流。於是隨便撒了謊：「大人，我家的貓一直叫，吵得我睡不著，結果我一出來看，貓就突然跑出門，所以我就追上來——」

「貓呢？貓在哪裡。」

「所以我說我正在找。」

「想騙我，我看你一定是壞人。」年輕警察發現仙仔還戴著帽子，「裡面是不是藏著武器，把帽子摘下來。」

這警察因為害怕而有些神經質，仙仔只好配合他，但當仙仔要拿帽子時，警察又制止道：「等等，你一定會趁機偷襲我，我才不會上當。」

說著，年輕警察逕自摘下仙仔的大甲帽，結果不看還好，手電筒一照到那頭乾燥白髮，他立刻放聲大叫。

聲音引起另一位警察趕來，看見自己人跌在地上發抖，這下仙仔有理說不清，硬是被帶到派出所審問。

較資深的警察聽了年輕警察大叫的原因，楞著臉問：「就因為白頭髮？難道你沒見過少年白啊。」

「警察大人，這下我可以走了吧。」

「不行，因為你行蹤可疑，必須配合做筆錄。請老實交代為何深夜遊蕩。」

仙仔只好把方才的謊再說一次，但資深警察一臉不信，他用鉛筆敲桌，「這麼幼稚的謊言你以為有誰會信？看來我必須把你押在所裡一晚。最近有很多奇怪的風聲，因此知事直接傳達命令，要加強夜間巡邏，只要發現無正當理由遊蕩的人，都必須強加審查。」

這時候仙仔也聯絡不到玉彌，只好就範，等天亮了再請警察通知玉彌來認人。仙仔被銬在一旁，但這對流浪成性的他而言不算什麼，疲憊讓他很快就進入睡眠。

次日一早，仙仔被搖醒，說是要繼續做筆錄。年輕警察在白天時說話膽氣十足，跟昨夜完全不同樣。

「警察大人，我撿到東西。」

稚嫩的聲線打斷他們對話，於是年輕警察撂下仙仔，處理其他案件。

「仙仔！」

仙仔聽見有人叫他，抬頭一看，竟然是晚煙。她穿著黑禮服，臉色紅潤，長髮梳得筆直，整個人相當有精神。

「小姐，妳認識這個怪人嗎？」

「他不是怪人，他是仙仔。」

在休息室的資深警察聽見有人叫「仙仔」，連忙走出來看，他認出晚煙，堆出笑容道：「這不是晚煙小姐嗎，聽說妳生病了，不過現在看起來跟之前一樣漂亮唷。」

「是仙仔治好我的。」晚煙指著仙仔。

「他是仙仔？」資深警察驚訝地問。

在外頭等候的侍女也走了進來，「小姐，有把東西交給警察大人了嗎——咦，仙仔怎麼被銬起來了。」

有陳阿舍的寶貝女兒作證，昨晚被他們拘留的人的身分已經無庸置疑。資深警察盯著仙仔的頭髮，恍然想到：「對啊，我聽人說過城隍廟大仙雖然很年輕，但頭髮卻像枯掉的芒草。我還以為只是傳言啊。」

年輕警察雖然剛來寶町不久，但也耳聞「城隍廟大仙」的傳說，特別是有關靈異的部分。兩個警察手忙腳亂，替仙仔解開手銬。

「多有得罪，請仙仔不要見怪。」年輕警察很怕事後被報復，急著鞠躬道歉。

「那筆錄的部分——」

「不必了，今後若有問題，還請仙仔鼎力相助。」資深警察把昨晚的筆錄扔到垃圾桶，並把昨晚沒收的大甲帽還給他。

「啊，警察大人，我撿到的東西，是在家裡附近的布莊撿到的。」

「喔，沒問題，是個酒葫蘆是吧？難道是豐臣秀吉掉的。」年輕警察立刻坐回位子上。

仙仔看著警察手上的酒壺，差點沒喊出聲，他鎮靜地說：「抱歉，那是我掉的。」但他昨晚送鈴木去三途河時，明明把酒壺放在家裡。晚煙家附近的布莊，正是要往大宜都神社會經過的路，仙仔忖，定是玉彌見他徹夜未歸，才想去大宜都那裡找人，結果粗心的把賴康掉在地上。

「這樣啊。」年輕警察便把酒壺交還回去。

「太好了，仙仔。」晚煙牽起仙仔的手，露出深邃的酒窩。「我們走吧。」

仙仔趕緊把酒壺繫在腰間，未來得及問賴康這是怎麼一回事。

「晚煙小姐，妳要去哪？」

「要去參加鈴木叔叔的葬禮。爹跟管家很早就出門了，所以阿梅帶我去。」

真是歪打正著。仙仔笑道：「那我可以跟妳們一起去嗎？」

「好啊！」晚煙帶仙仔到轎車旁，「請上車。」

看著晚煙貼心的舉動，也難怪陳阿舍會把她疼上天。

沒多久車子開到鈴木的宅邸，路旁已停滿轎車，來捻香的人皆來頭不小，除了州廳的同事，還有從外州來的官員，以及鈴木生前密切往來的商賈。

仙仔仔細觀察人群裡是否參雜奇怪的人。

「仙仔，原來你已經來了，我找你找好久！」玉彌忽然出現，她穿一襲黑裙，頭髮綁成馬尾。她打量仙仔的穿著，奇怪地問：「你怎麼沒換衣服？」

然而仙仔只能苦笑。

第八章　真兇

「玉彌姐姐，妳上次煮的湯好好喝，好想再喝一次。」
這時玉彌才看見晚煙，她害羞地說：「真的有這麼好喝嗎?有機會一定煮給妳喝。」
侍女小梅向兩人點頭致意，攙著晚煙進入鈴木家。
「晚煙的精神變得很好呢，明明之前還這麼衰弱。」
仙仔噗哧一笑，昨天玉彌痛得死去活來，差點沒把小命丟掉。靠著仙仔的大量真氣，加上玉彌本身體質強健，她已經靈活自如，宛若沒事。
「比起這個，妳是不是忘了什麼。」仙仔指著腰間酒壺。
「咦？」玉彌焦急地摸著身子，果然沒發現酒壺，「什麼時候跑去你身上了，難怪我一直叫賴康都沒反應。」
兩人左顧右盼，躲到牆角，偷偷喚賴康，但搖了好幾次，酒壺沒有任何反應。
玉彌拿過酒壺，用指頭彈了彈，「喂，不要這麼生氣嘛，不然我織一件圍裙送你好不好？」
聽見玉彌想秀女紅，仙仔忍不住皺起臉，她的針線活跟廚藝水平基本一樣。圍巾能繡成手套，而且針線凌亂，根本沒法用。
但賴康依然無聲。
賴康不可能毫無聲息，於是玉彌打開酒壺一看，發現賴康不在裡頭。
玉彌趕緊解釋：「出門前我還跟賴康聊過天的，他一定在裡面。」
仙仔安撫道：「別著急，他很可能落地的時候不小心跑出來，你們分開不到兩小時，他跑不了多遠。」

「我忘了今天穿的是裙子，只用一條線掛住酒壺……」

「好了，反正他最後一定會來鈴木先生的葬禮，在這裡等他吧。」

昨日他們便說好要趁公祭時刺探情報。仙仔忖若真的沒辦法，只好回城隍廟請專捕鬼的七爺、八爺出馬，只是賴康可能會被嚇到再死一次也不一定。

「說到這個，我在這裡等你的時候，看見陳阿舍跟謝桑走在一起。」

「謝桑……妳知道他長怎樣嗎？」

「昨天聽鈴木先生的描述，肩膀很寬，有大鬍子，跟陳阿舍一起的人滿符合的。」玉彌指著簽到處，「你看，那個人走出來了。」

五分頭，大鬍子，寬肩膀，還有西裝外套藏不住的啤酒肚。幾十個弔唁的人裡只有那人符合形象，也難怪鈴木說謝桑很好認。

但直接進去是不行的，玉彌在仙仔還沒來之前就已經探查好四周地勢，後門那裡沒人看守，只是鈴木家的圍牆都設有刺牆，爬過去要非常小心。

兩人往後門奔去，玉彌撩起裙子，跳起來踏壁飛上，再一腳踮著刺牆縫隙處，輕鬆翻越。看見這麼輕盈的身手，仙仔便不必擔心她昨天的傷勢了。

不過仙仔爬過去就沒這麼輕鬆，他從後面的垃圾場找來一個廢棄木箱，極為小心攀過刺牆。

玉彌諷笑道：「是不是老了啊，這點障礙就難倒你了。」

仙仔拍掉手上的塵土，接著兩人躡手躡腳沿著屋牆前進，前庭談話聲絡繹不絕。

「仙仔，城隍爺如果知道我們這樣鬼鬼祟祟，肯定會打我們屁股。」

「有人接近，躲好。」

仙仔躲在一疊紙箱後頭，正好可以擋住兩人。玉彌靠在仙仔背後，仙仔示意她離遠一點，但玉彌越貼越緊，像要把整個身體給黏上去。仙仔怕發出太大聲響引起注意，只好輕敲她的頭，然後透過紙箱的縫隙觀察前方情勢。

結果一雙眼睛忽然出現在對面，仙仔不禁往後一退，玉彌重心不穩被壓在地上。

「啊——」

噓。仙仔豎起食指放在唇前，赫然驚見那雙眼睛的主人是賴康。

「你怎麼在這裡？」

噓——仙仔跟賴康同時說。

「妳才奇怪，把我扔在半路上，我去神社時，大宜都說妳早走了，我只好先來這裡。」賴康說。

「喂喂，你看到什麼了？」

「謝桑一副怕別人跟蹤的樣子走進來，所以我就躲在這裡偷看。他好像在等人的樣子。」

「該不會等那個臭道士？」就是把大家害慘的。雖未蒙面，但玉彌想到那人就一肚子火。

「你們躲在我後面，如果真的是那個道人，一定會發現賴康。」

賴康想起那些可怕的手段，也趕緊學玉彌躲在仙仔身後，玉彌推開他，「不要這麼過來啦。」

「昨天嘴都親了，現在連人都不給別人碰啊。」賴康暗笑。

玉彌窘紅臉，作勢要打，仙仔制止他們，緊張地說：「快看來的是誰。」

陳阿舍急急忙忙走來，謝桑則熱情的跟他打招呼，兩人看起來不像結怨。確認旁邊無人後，陳阿舍怪罪道：「一定得在這種時候說嗎？」

「陳哥，你這話不對吧，你的事我都挺到底，現在是想變卦嗎？」

「挺，他媽的上次沒害死我女兒，幸好我找城隍廟的處理掉了。」

「唉唷，誤會啊，那個魔神仔本來要纏另一個日本人，誰知道被晚煙撿去。」謝桑一臉愧對，手按著胸脯說：「陳哥，我們都是同一條船的人，我哪敢害你。倒是那個仙仔，能力好像名不虛傳啊。」

「哼，要是晚煙有什麼三長兩短，我一定把你碎屍萬段。」陳阿舍憤恨地說。顯然他早知道是什麼東西纏住晚煙。

「我知道，這次完全是我的疏忽。不過陳哥，那個仙仔這麼厲害，會不會抓住我們的尾巴？」

「你想說什麼？」

「聽說他一直追查邪符的下落，我是怕他發現我們的目的，日本人就快敗了，這個時候不能出差錯。」

「應該不會，我已經打發掉他了。」

「但他如果找到賴康的屍體，喚出他的魂怎麼辦，賴康可是知道很多事。」謝桑仰望著天空，不安心地說：「雖然賴康大概認為是鈴木殺了他，可是事情不小心點不行。」

「你以為我想殺了賴康嗎？要不是那天吃飯時被他聽見計畫，我幹嘛灌醉他——」陳阿舍悔恨地說。

賴康雙手罩住嘴巴，此刻他震驚的連聲音都發不出來。從頭到尾陳阿舍都在說謊。玉彌恨不得衝出去賞陳阿舍一拳，但仙仔壓住她的頭，免得打草驚蛇。

「好了，好了，別生氣嘛，反正就是個微不足道的廚子，死了就算了。現在重要的是處理掉仙仔，雖然有點棘手，不過別擔心，我找的師父肯定有辦法。」

「不管怎麼都好，別傷害到晚煙。」陳阿舍還在怨念魔神仔的事。

「放心，這次我請師父弄個更狠的，直接拆了城隍廟。」謝桑用拇指抹了脖子，「以絕後患。」

玉彌已經壓不住怒氣，她恨恨地說：「放開我，我要揍他一頓！」

「不行，要等那個道人出現，妳現在出去會前功盡棄。」

「他們已經害死這麼多人，而且他們也親口說了，為什麼不行出手。」

「玉彌，妳想有人會相信他們做這種事嗎？」

儘管仙仔名聲赫赫，但也只是降妖的名聲，遠比不上陳阿舍跟謝桑響叮噹。俗世裡的規則比降妖除魔還要困難。

「是誰在那裡？」陳阿舍敏銳地看向紙箱。

「怎麼可能會有人，你太多心了。」謝桑一派輕鬆的說。

「你剛才不是說過，這個時候不能出差錯。」

「說的是，但你也別太緊張，我看時間差不多了，晚點再找個地方談。」

趁他們轉移注意力時，仙仔強行帶走晚煙跟賴康，逃到牆外才敢喘息。難怪陳阿舍不願讓仙仔查明邪符的事，從頭到尾他都參與其中。

賴康黯然倚在牆邊，臉上擺著前所未有的落寞。但仙仔知道他心情有多低落，甚至想不出安慰的話語，畢竟他一直對陳阿舍忠心耿耿。

「仙仔，我們去報警，讓警察大人來抓他們！」

就算警察來了，也不可能逮捕陳阿舍，因為沒有證據。

賴康即使死後，還是惦記著陳阿舍，無時無刻都關心他吃飯合不合胃口，卻親耳聽見難堪的真相，再樂觀的性格也承受不住打擊。他的沉默反讓玉彌害怕，若是心懷怨念想報仇倒還好，最怕仇恨積累太強，敵視世間萬物，變成禍害蒼生的厲鬼。

屆時會有許多人受害，而厲鬼最終下場則是被打入阿鼻，或更幽深可怕的地方。

「賴康？」玉彌輕輕地叫著他。

「我記得從家裡來到台南車站時，身上只有一點點錢，那個時候我去了一家酒樓學廚藝，每天都被罵得很慘。後來學了幾年，慢慢累積經驗，換到更大的酒樓。有一次主廚不小心切到手，而宴會廳來了很重要的客人，老闆無奈之下只好叫我補上，結果吃完後那位客人叫我過去，老闆嚇得要命，一起陪我磕頭道歉。」賴康捏了捏鼻頭，牆面像是電影螢幕，將他的回憶一幕幕重現，「那位客人，就是老爺，老爺他說我的菜煮得非常好，晚煙小姐那天也在，一向胃口不好的她吃了很多。老爺說在這裡當幫廚太可惜了，就以比主廚多好幾倍的薪水請我去他家。」

「那是我人生、人生第一次拿到這麼多錢，老爺跟小姐，還有當時還沒過世的夫人都對我很好……我覺得是神明保佑才能遇到老爺……」

「那又怎麼樣，難道你一點都不氣嗎？他可是殺了你的兇手。」玉彌憤怒地問。

賴康低頭沉吟。怎麼可能不氣。

「對嘛，所以我們要同心協力，逮到那個混帳道士，再一舉戳破他們的陰謀。」

發展急轉直下，賴康也不知所措。玉彌大罵陳阿舍時，晚煙卻興奮地朝他們跑來，身後還跟著陳阿舍，賴康急忙縮回酒壺裡。

此時陳阿舍一掃方才討論陰謀的嘴臉，和善地問候道：「晚煙說你們也來了，正想怎麼沒見到人呢。」

「等等跟鈴木太太說一下話，我們就要走了。」仙仔沉住氣說。

但玉彌完全不想藏住表情，狠狠瞪著陳阿舍。

「玉彌姑娘的臉色很不好看啊，是不是身體不舒服，我介紹個醫術一級棒的醫生給妳。」

「多謝陳老爺美意，玉彌只是為鈴木先生哀傷。」為怕玉彌衝動誤事，仙仔急忙把她拉到身後。

晚煙拉著陳阿舍的西裝褲，陳阿舍莞爾道：「差點忘了，其實小女的生日要到了，她上次嘗過玉彌姑娘的手藝後就一直念念不忘，希望玉彌姑娘能再次為她做料理。」

「這……」

「該付的我一定會付，請看在我的面子上，答應小女的任性要求。」

「誰要看你面子了。」玉彌不悅地說。

晚煙眨著水汪汪的眼波，「玉彌姐姐，可以拜託妳嗎？因為妳的菜跟阿賴一模一樣，我好想再吃一次。」

雖然玉彌確實答應若有機會要再顯廚藝，只是那時候還不知道內幕，現在莫說她願不願意，真正煮菜的賴康想不想要再踏入陳家還是個問題。

「的確，玉彌小姐有這等手藝，能娶妳進門的絕對是三生有幸，祖先燒好香。」

若在知道真相前，玉彌可能還會嬌羞，但現在陳阿舍說什麼她只覺得噁心。

酒壺激烈的動了，仙仔拍拍酒壺，點頭道：「既然是晚煙小姐的要求，我們也不好拒絕。」

玉彌疑惑地看著仙仔，但看見晚煙樂得手舞足蹈，也不好置喙，只能被逼著頷首。要不是因為晚煙在場，玉彌賭自己一定會叫陳阿舍回去吃屎。

約定好時間，陳阿舍準備帶晚煙離去。

「仙仔的手受傷了。」晚煙跑到仙仔身旁，舉起相對龐大的手掌，「剛才還沒有流血啊。」

那是爬刺牆時不慎割到的傷口。晚煙要他別動，用手帕仔細包紮。

玉彌訝異地望向仙仔，以仙仔的身手攀那種程度的牆不可能有什麼損傷。

「仙仔要注意安全喔！」晚煙點了點仙仔的手，匆匆跑回父親那裡。

「你沒事吧？」

「只是爬牆時恍神了一下。」

「那你呢，又是怎麼回事?該不會想趁機毒死陳阿舍吧，雖然我能理解這個行為，但我勸你還是換個方法比較好。」

賴康小聲的，微弱地說：「我沒有想毒死誰，我只是想再做菜給晚煙小姐吃，如此而已。」

第九章　淚眼

賴康執刀，俐落地切菜，就像以往每個在廚房的日子。動作行雲流水，將生命投入一道道佳餚，彷彿從未發生任何慘劇，他仍是快樂的廚師。

異常的堅強反讓仙仔擔心，但賴康並沒有打算下毒或動手腳，他只是單純盡一個好廚師該有的本分。

「仙仔，他是不是受不了刺激腦袋燒壞啦？」玉彌擔憂地問。

「可以幫我拿一些九層塔嗎？」

如果是之前，玉彌肯定要鬥個嘴才會姍姍走去拿菜，但現在不是玩鬧的時候，她匆忙趕到菜籃旁挑菜。賴康說了聲謝謝，繼續展現精湛的刀工。

就像平常一樣。

連見過無數鬼怪的仙仔也無法形容這種情形，根據經驗，發生這種事的要不是哭鬧，要不就想方設法報仇，還真沒見過心平氣和替人做菜的。

但在城隍廟時，賴康的反應就很合乎常理，他終日啜泣，哀傷，提不起勁跟玉彌拌嘴。

「那個，賴康，你還好吧？」仙仔已經不曉得第幾次問這個問題，就怕賴康突然歇斯底里。

賴康蓋上鍋蓋，算好時間。他淡淡一笑，用不變的答案說：「真的沒事。就跟平常一樣啊。」

「才不一樣，誰都能看出來不一樣。而且發生那種還能保持正常，這才是奇怪的事吧。」玉彌忍不住說。

賴康坐在長凳上，手托著下巴，注意盯著火侯，「仙仔，我這樣很不正常嗎？知道那些事後，我應該怎麼做才對？」

這問題問倒仙仔，特別是賴康根本什麼也不打算做，這才讓仙仔苦惱。他在流浪途中不曉得勸過多少厲鬼放下執念，也聽過太多鬼跟他哭訴，可是這狀況前所未有。

「我想了很多，還是不記得老爺到底走漏什麼消息，我想他誤會了，我這人只會埋首廚房，不會記跟自己沒關係的事。」

「可是他、陳阿舍讓你受不白之冤，你真的真的可以這麼冷靜嗎？」

「但我已經死了，就算報仇也變不回來，而且害死老爺的話，晚煙小姐要怎麼辦呢。」賴康看著滿是燙疤的手，「一直報仇，讓仇恨不停循環，最後剩下什麼？」

「你不會想說，一切就這樣算了……」玉彌不敢置信地說。她以為賴康會更積極尋找陳阿舍的罪證。

「仙仔不是說過嘛：『天網恢恢，疏而不漏。』老爺會為自己的罪行受到懲罰，那麼我應該也沒必要多做什麼吧。」

仙仔當然不贊成以暴制暴，但用公正的方法給予懲治還是可行的。不過賴康的反應像是得到解脫，看透塵世，隨時都能渡河。

「說不定謝桑跟陳阿舍還想鎖你的魂，免得你亂說話。」玉彌的話並非不可能，都敢硬闖大宜都神居擄人，抓一個賴康更算不了什麼。

「那我還是早點投胎的好。」賴康笑道。

既然賴康凡心已定，仙仔就沒有理由再勸，畢竟懂得放下的人太少。而且將賴康送入鬼門也好，有鬼卒跟閻君把守，不必擔心有魂飛魄散的危險。

玉彌卻覺得賴康傻，為他打抱不平。

反倒是賴康寬慰道：「一開始我也只是想請仙仔幫我查出兇手，現在水落石出啦，我的遺願也完成了。啊，還有到時候還要請仙仔找出我的屍骨，交給我家人。」

賴康見燜鍋的時候到了，趕緊取鍋盛進盤內。等其他菜煮好的同時，賴康也沒閒著，揉起麵團，說是要做個大蛋糕。

「你連蛋糕都會做？」

「去年晚煙小姐生日時說想吃蛋糕，可是我只會煮菜，所以我趁休息的時候特地去西點鋪找西點師父學，好不容易掌握技巧了，可惜卻……玉彌，幫我打蛋好嗎，我的手有點忙不過來。」

玉彌便到門口處的蛋籃，低頭挑蛋時看見一雙小鞋子，抬頭一看果然是晚煙。她趕緊擋住的晚煙的視線，笑問：「妳怎麼跑進來了？這裡有我做菜的祕密，不可以給別人看喔。」

「玉彌姊姊，對不起。」她就像在期盼一位血溶於骨的家人回來。「我只是在想，是不是阿賴偷偷回來要給我驚喜，所以才跑來偷看。」

她悄悄移動身子，看見桌上尚未發酵的麵團，麵包後面正是驚愕的賴康。

但晚煙看不見賴康，卻彷彿能感應，她慢慢伸出手，似乎要叫住誰。但肯定不是仙仔。

「好了，趕快回阿梅那裡去，如果小祕密被發現了，菜就不好吃囉。」玉彌胡亂扯道，指揮杵在一旁顯得不自然的仙仔：「仙仔快點揉麵團啦，還站在那裡發呆。」

仙仔抓抓頭，只好對著麵糰做做樣子。

晚煙不放棄的問：「玉彌姊姊，是阿賴教妳的對不對？妳可以請他快點回來嗎，我很想他。」

對於小女孩眼裡的失望，玉彌只能默默在心裡搖頭，她想看見的人是不會再出現了。

晚煙越是思念賴康，玉彌對陳阿舍的厭惡就越深，要是晚煙知道真相，不曉得會多傷心。其實不只晚煙情緒如此，陳家許多傭人也很懷念賴康，不只是料理，還有他的歡笑。

「打擾妳了。」晚煙帶著失落離去。

這時玉彌才明白，晚煙並不是真的想吃這些料理，而是以為賴康會偷偷出現。

「晚煙小姐……」賴康不能與小姐相認，也相當沮喪。

得知兇手是陳阿舍的那天晚上，賴康獨自喃喃自語，說了很多跟陳家的回憶，像是陳阿舍常常替他加薪，晚煙教他習字、唸書給他聽，星期日大家一起野餐。賴康說他很喜歡過年的時候，陳阿舍的兒子都會回來，一家祖孫滿堂，整家人吃著賴康煮的料理，笑得闔不攏嘴。

來到陳阿舍家這些年，賴康只有一次過年回去探親，因此他早已將陳家當成另一份親情。

「這麵團好黏，甩都甩不掉。」

「要加點水才行。」賴康接手，讓仙仔回去旁邊觀望。

看著晚煙的期盼，仙仔能更體會賴康為何想放下仇恨，他的離去已造成一道傷痕，不想繼續擴大裂痕，使幸福徹底支離破碎。

※

雖然晚煙的生日還有一段時間，不過那已無所謂。侍女將美味的菜餚放在漂亮餐桌布上，這是陳阿舍為晚煙特地準備的。

儘管沒見到賴康，晚煙還是很高興能吃到熟悉的料理。

「玉彌姑娘，每次都這樣麻煩妳，實在不好意思。」陳阿舍客氣地說。

「反正是為了晚煙，我還好啦。」

「若以後還能吃到該有多好。」

「等阿賴回來，我們就可以每天吃了。」晚煙開心地說。

孩子的童言童語卻是對大人世界最深刻的諷刺。

陳阿舍遲疑了一會，替晚煙夾菜，他的笑容很不自然。但若非仙仔他們知曉，根本不會發覺有異。

現在陳阿舍不論做什麼都很可疑。

「真希望可以趕快找到他，這樣我們才能每天都有口福。」

「是啊，如果他能回來的話。」玉彌酸溜溜地說。

「回不回的來，是天意，人各有命，若真的發生了什麼人力難及的事，我們也無可奈何。仙仔，你說這話有沒有道理？」

「確實人各有命，但有時候這命不是因為天意，而是有人故意為之。」仙仔露出微笑，「只能希望那位廚師吉人自有天象，能夠逢凶化吉，平安歸來。」

玉彌很少聽見仙仔這麼話中帶刺，聽了好不過癮。

當然陳阿舍不可能跟著爭鋒相對，他附和道：「不管如何，我還是盡一切所能找人，畢竟晚煙已把他當成親暱兄長看待，我也得向他的家人交代啊。」

管家匆匆進來飯廳，說：「老爺，有客人找你。」接著他附在陳阿舍耳邊說著悄悄話。

陳阿舍揮手要管家退下，起身道：「不好意思，正好有幾位重要的客人來，麻煩兩位幫我陪陪晚煙。」

玉彌是不想跟他同桌的，她爽快答應，希望他走越遠越好，免得空氣凝滯尷尬。

賴康只準備了幾道料理，因為重頭戲是奶油蛋糕。等到菜吃得差不多，玉彌請侍女收走剩盤，然後去廚房將蛋糕端來。

晚煙突然問：「仙仔，阿賴會不會死掉？」

「為什麼這麼問。」

「因為他不見了很久，我很擔心。仙仔，你是不是可以看到死掉的人，你有看到阿賴嗎？」

「這個，應該沒有吧……而且我也不太清楚他的樣子啊。」

仙仔忖陳阿舍已經替晚煙做過心理建設，所以晚煙才會假設賴康可能不在人世。雖然只是普通提問，仙仔卻答得膽顫心驚，生怕不注意就帶出不好的說詞，他可沒能力安撫哀愁的小女孩。

「阿賴的生日快到了，他說他沒有過過生日，也沒有收過禮物。所以我有偷偷準備一個禮物，是我自己織的圍裙喔，因為他在廚房用的已經很舊了。」晚煙興奮地比著圍裙大小，細數上面的花樣，還有費了多少心血。

「嗯，他收到的話一定會很開心。」或許在中元節的時候燒掉，賴康真的能收到。

玉彌端出可口的蛋糕，小心翼翼放在收拾乾淨的桌上，照著賴康指示插上蠟燭。蠟燭一根根點亮，火光映著晚煙小巧的臉龐，也照亮她眼角的晶瑩。

冥冥中，對生死初有理解的晚煙似感應到什麼。

小孩的靈感一般都比成年人強，他們很容易接收到那些無形之物傳遞的強烈情緒。

不管陳阿舍說了再多謊，晚煙心裡仍是不踏實。更因為賴康就在她身旁，憋著哀傷的臉看她許願。

第一個願望是家人和樂平安，第二個願望希冀戰爭落幕，第三個必須放在心裡，但從她的神情已表露無遺。

賴康蹲在晚煙跟前，輕輕握住她的手，晚煙身子震了一下，但很快就接受這股感觸。她另一隻手朝前方揮來揮去，想抓住一點實體確認這種感覺，但她摸不到無形之物。

晚煙抿緊嘴唇，眼裡積了一層厚厚的雨雲。

「阿、賴？」晚煙含糊不清地說。

「小姐，對不起，我不能繼續陪在妳的身旁，不能再煮妳喜歡的虱目魚。」賴康抽回手。這是最後一次煮飯給她吃。

晚煙聽不見賴康叨唸，她慌亂的在空中亂抓，卻再沒有方才的感覺。甚至跳下椅子，想捉住那抹熟悉的身影。晚煙似乎感覺到，這次沒捉到便再沒機會了。

彷彿玩著看不見的捉迷藏，抓著永遠找不到的鬼。晚煙前進一步，賴康便後退一步，如磁極分開陰陽。突然晚煙佇立不動，睜著大眼睛看向窗邊，夏風掀起米白色窗簾，那一瞬間一道輪廓深深烙在眼中。

「妳要好好吃飯，才能健健康康長大。」賴康啜泣道，抹掉透明的淚。但抹一顆，又落下一顆，滴滴答答不可收拾。

僅僅一剎那，晚煙使勁揉著眼睛，那道模糊身影轉眼消逝，只有窗簾翩翩飛舞。

「以後是不是吃不到這些料理了……賴康不會再回來看我……」晚煙捏著鼻子，像是要防止心中酸楚衝上眼睛。

仙仔編不出任何關於賴康還活著的謊言，他想說些慰藉的話，但賴康朝他搖頭。

玉彌揩去淚珠，趁眼眶尚未氾濫擠出微笑，「來，晚煙，切蛋糕吧。」

不能讓哀戚持續蔓延。賴康想做的只是跟晚煙好好道別，完成今生的眷戀之事，他才能安心踏上三途河。所以他不能再看晚煙，免得被她有著期盼的眼神拖住步伐。

「對啊，壽星不切蛋糕的話，大家就不能吃了。」仙仔擋在賴康面前，阻絕兩人的感應。

「嗯。」晚煙這才停下腳步，乖乖回到座位上，大口大口吃起蛋糕，在她心裡深處知道這是賴康最後能做的了。

第十章　地狂

還是陳阿舍的聲音結束這份哀然，他笑盈盈走進來，說：「抱歉讓你們久等了。哦，這蛋糕做的真不錯，玉彌姑娘手藝了得，竟然連西式糕點也這麼厲害。」

玉彌則敷衍地回了一抹笑。

「爹，這塊大的給你。」晚煙已收拾好情緒，切一大塊蛋糕給陳阿舍。

「好，爹有話要跟仙仔說，先給玉彌姊姊。」陳阿舍把笑臉對上仙仔，示意仙仔出去飯廳談話。

關上飯廳的門，陳阿舍換了張難以讀懂的表情，悄聲道：「說來很奇怪，那天我在鈴木的葬禮上跟一位朋友聊天時，總覺得有人在偷聽，結果在附近的箱子旁發現血跡。」陳阿舍不經意瞥向仙仔的手，「這不會又是魔神仔的傑作吧？」

「不會的，畢竟陳阿舍對哪些魔神仔會害人，哪些不會瞭若指掌。若陳老爺是想問如何利用魔神仔害人，恕我無法解惑。」

陳阿舍收起笑臉，慎重其事地說：「仙仔，人在這世上各司其職，每個人都有自己的本分，我認為人只要安分守己，大家都能順順利利。」

「說的好，我的本分就是代表城隍爺替天行道，請你放心，善有善果，惡者自有天收。我一定會做好自己的本分。」

陳阿舍明白仙仔的意思，但他無動於衷，反而勸道：「不管你知道或聽說什麼，我奉勸你不要涉入過深，人世複雜，非修道者能明白。也最好不要明白。」

陳阿舍已然知曉那天有誰偷聽到他跟謝桑的對話，但他沒因而退卻，但並非無所畏懼。

「仙仔，談到這份上，我就直說了，這件事你插手不來，就是我想停也不停不了。」

「總算肯說實話?那我也實言相告，這事賭上城隍爺的名聲，我管定了。」仙仔強硬地說。

「你不明白事情的嚴重性，這會害死我女兒！」陳阿舍將藏在心裡的擔憂全說出來，「上次那個魔神仔你見識過了，那只是一個小小的手段，如果我不照做，晚煙她……總之，算我求你，你要多少錢我都給，求你別管了。」

終於陳阿舍再也偽裝不下去，那副輕鬆愜意的面具撕開後，裝著極度的恐懼。甚至不敢說出背後的那個人是誰。

「陳老爺，你可否想過被害死的人有可憐，要我看著妖道肆虐而坐視不管，這絕對不可能！」仙仔表明立場。

比起自信，陳阿舍眼裡更多的是恐懼。

「那個人，根本不能算人，他連神都不怕！」

闖大宜都神居擄人，在城隍爺眼皮下禍害百姓，確實膽大包天。

陳阿舍激動地說：「那天賴康聽見我跟謝桑的話，要是他傳出去，我們都會有危險，我也不想害死他啊！」

陳阿舍深深呼吸，免得驚動飯廳裡的晚煙。

「你不願意說那人是誰，我自有辦法查出來，城隍在上，看得清清楚楚，做好做壞，後果自負。」仙仔還是勸告陳阿舍莫要越陷越深。

但陳阿舍卻認為仙仔根本不是那個道人的對手，只想盡快撫平這件事。

「你只要像往常一樣去雲遊，回來後這裡就沒事了，大家都會好好的。」

這時候仙仔本該前往高雄州的路上，但為了賴康又耽擱兩日，不過這也非仙仔第一次逾期。他怎可能任台南腥風血雨。

兩人的對話在仙仔凜然的眼神中完結，再說下去也沒有結果。

飯局在詭譎氛圍中結束，陳阿舍給了一筆巨款，他知道仙仔不會就此罷休，只好請仙仔把這筆錢轉交給賴康的家人。

仙仔卻忽然頭暈目眩，玉彌見狀趕緊扶住他，仙仔急忙站穩腳，速速回去城隍廟。

玉彌從天公爐拿來三支香，繞著仙仔三圈，緩解頭暈。

「是不是陳阿舍下了什麼奇怪的符？」

「我的時間到了。」仙仔躺在床上，揉著太陽穴。只要他過了建醮，還逗留太久，就會有這種反應。

在玉彌很小的時候，有次巴著仙仔不放，仙仔拗不過她，便多留五天，結果從未生病的他生了一場小病。有過教訓後，即使玉彌真的很想仙仔多住幾天，也不敢再任性。

但這次情況更嚴重，仙仔突然雙腳無力，要不是他吃力撐著，早在陳阿舍面前洩氣。

「還是我去請醫生來看？」

「不用了，我只是輸出太多真氣，有點虛弱。」

「啊！所以上次你爬牆才會受傷……你為什麼不早說！」

仙仔勉強擠出微笑，「沒事的，明天還要去賴康老家。」

「你別去，你這樣子我放心不下。」玉彌請纓，「反正只是陪賴康回去看看，這點事我做得到。」

「我當然信任妳的能力，但現在情況不同，那個邪道不知潛伏何處，妳一個人處理不來。我只要靜心休養一個晚上，就能恢復真氣。」

「仙仔，你為什麼一定要離開，為什麼你留下來身體就會有異狀？問了你這麼多年，你從來沒回答我。」

「天命——」

「我不要聽這個答案，除了天命以外沒有其他答案嗎？或是能改變天命的方法。」天命論玉彌從小聽到大，早已厭煩。她想知道是誰把這討厭的天命強加在仙仔身上。

當然是天。仙仔笑道。

玉彌沒想到仙仔還有力氣開玩笑，作勢要打，反而自己重心不穩，跌了下去，仙仔趕緊摟住她。

兩人抱在一起，四目相望，正巧賴康捧著人參燉雞湯進來。

「啊，抱歉，我是不是應該晚點進來，還是我把雞湯放這裡——」

「走開啦！」玉彌害羞地從仙仔身上爬起來，恨不得把自己縮進酒壺裡。

她頭也不回跑出房間。

「女孩子越大越難懂。」

「是仙仔你裝作不知道吧。」

「什麼？」

「哈哈。」跟晚煙道完別後，賴康的心境更輕鬆，等看完父母，他就要準備前往鬼門。「其實我一直好奇一件事，我聽說得道的人要犧牲一些東西，沒有子嗣、或沒錢、或什麼什麼的，所以我在想仙仔的頭髮是不是因為這樣才變白。」

「如果只是頭髮變白，那世上求道的人肯定會擠破廟門。」

「說的也是。哦，所以仙仔你才要到處流浪嗎？」

「有些因果解釋不清的，一切都是天命。」

賴康沒有玉彌的求知慾，他替仙仔舀湯，「太難懂的事情還是別說了。」

此時賴康只剩一件事掛心——陳阿舍家的安危。仙仔已把陳阿舍的自白告訴他們，也讓賴康更確信自己不報仇的心態是對的，雖然玉彌說他很傻。

「那個道士如果真的這麼厲害，老爺跟晚煙小姐怎麼辦？」上回襲擊神居的魅影已經讓賴康嚇破膽，如果再來更難纏的，後果不堪設想。

何況仙仔天劫在即，逗留越久越危險。

「別跟玉彌一樣煩惱這些，我這個『仙仔』不是叫假的。」

忽然屋外打起響雷，似乎有場暴雨將至。賴康納悶方才萬里無雲，怎麼天氣說變就變。

「有客人來了，你先出去，也別讓玉彌進來。」

「客人？」賴康疑惑地看了四周。

一位穿戴整齊、相貌清奇的男子驀然出現，左手拿書一本破舊的藍色線封書。賴康知道這人肯定不是一般人，連忙退出門外。

男子向仙仔作揖，拉了張椅子到床旁，「身體不舒服，躺著說話就好。」

又是一陣響雷，緊接著降下滂沱大雨，客廳傳來玉彌大叫衣服還放在外頭曬，連忙喚賴康一起去幫忙收。

「勞煩您特地跑一趟。」

「不煩，不煩。再說你無事不求人，此番肯定事關重大。」男子抓起仙仔的手把脈。

「不是不求人，而是不敢求。」

「唉，你有很重的劫數，恐怕沒這麼好化解。」

「自果自報，天地恆常。」

雨重重敲擊屋瓦，叮噹作響。

男子按著仙仔的天靈蓋，口中念念有詞。

仙仔的身體漸漸放鬆，在雨聲中睡去。

※

賴康老家在北港郡口湖庄，人口不像台南市這麼稠密。這幾天這兒的廟宇正好建醮，熱鬧非凡。賴康看見家鄉景色，激動的不得了，帶著仙仔他們到處亂晃。

「仙仔你看，那裡有戲臺耶！」玉彌開心地說。

一看見人演戲，玉彌便樂得忘了來的目的。前任廟祝通伯常說，玉彌要是沒有這個命格，可能就進戲班當花旦。

在大廟附近轉了一圈，卻沒看見賴康的母親，他們家在廟口有個涼水攤。要建醮的時刻不出來做生意實在不合常理，於是賴康便往家裡去，他家就在一棵大榕樹附近。

卻有個人擋住他們的去路，那人穿著合身西裝，戴紳士帽，臉上掛著金絲眼鏡，行為舉止相當有禮，彷彿喝洋墨水的留學生。但他的氣勢很強，笑容裡暗藏千刀，雖長得眉清目秀，卻有說不出的邪氣。

一股沉重的氣息狠狠壓在玉彌跟賴康身上，幾乎要讓他們喘不過氣。

他慢慢走向仙仔，依然保持笑容可掬，在旁人看來他是個溫文儒雅、受過新式教育的年輕男子。

仙仔將掌壓在兩人背上，抵禦那股邪氣，才使他們好受一些。

「是誰？」玉彌凝視那張無害的臉孔。

這股氣息簡直把先前出現過的精怪全比下去，只要他願意，甚至能當場使人窒息。

「地狂，應該說果然是你嗎？」

讓玉彌意外的是仙仔竟然認識對方。

「旁邊的就是惹出風波的賴康先生吧，你可是替我招來了不少麻煩。」地狂衝著賴康燦爛一笑。

「難道他就是謝桑的——」玉彌恍然大悟。

難怪這人散發強烈的不祥之氣。那個天不怕，地不怕，神也不怕的道人。而仙仔卻早就認識他。

「可惜你猜得太晚，雖然出了點小插曲，不過無所謂，一切都會按照計畫進行。」地狂熱情的握住仙仔的手，「不過真的好久不見了，聽說你身體不舒服，但你現在的精神似乎非常好，姓吳的果然不簡單。」

「你這妖道。」仙仔甩開他的手。

「妖？也罷，什麼稱呼都無所謂。如果你能更和善些就好了，我可是替賴家人送去一大筆慰問金，多的可以買下千畝土地。」

「你、你把我家人怎麼了？」

「我可以肯定我的說話連鬼都聽得懂，還需要重複一次嗎？」地狂用親切的表情說：「我替你們送錢去，好安撫你的冤魂。」

玉彌指著他的鼻子怒道：「你敢這麼大搖大擺出現，肯定做好被揍的準備！」

他陰森一笑，彈個指頭就讓玉彌暈眩過去。

「你別做得太過火了。」仙仔抱住玉彌，把她安放在榕樹旁。

「我不喜歡不禮貌的人，不過看在她這麼美的份上，只是讓她好好睡一覺。」他張手成爪，狠毒地說：「否則我會抽出她的魂魄，狠狠教訓一番。」

地狂說這些話時臉上始終掛著微笑，卻讓人不寒而慄。

「我們可是舊識，不要這樣怒目相向，如果不是那些小誤會，也許能找個地方喝杯咖啡。唔，不過鄉下地方恐怕沒這種閒情逸致。」

「做了這麼多傷天害理的事情，你確實不該有那種心情。」仙仔從衣袖裡抽出一張火符，「地狂，你自己送上門來，休怪我無情。」

「傷天害理？你可能誤會了。」地狂推著眼鏡，不解地笑道：「這點程度只是開始，更沒有結束。」

「別告訴我你跟陳老爺他們合作是為了錢。」

地狂再彈指頭，讓賴康暈倒。

「他們為了錢找上我，那你說我為了什麼？你知道嗎，這些人太有趣了，一個個利慾薰心，能為了守住祕密連日本神的神居都敢動。」地狂滿足的說。

「勸你束手就擒，老老實實帶著那些人俯首認罪，否則我就動手了！」

「三昧真火？我以為你會弄個八卦文武火、渾天沌地火，看來我太高估你。」地狂展開雙手。

仙仔挾起火符，鼓氣一吹，噴出巨大火炬。

地狂卻毫髮無傷，徒手就能捏滅三昧真火，他蔑笑道：「城隍老頭都不在了，憑你有什麼用，我看這次有誰能幫你。」

第十一章　調皮仙

三昧真火在地狂面前宛若兒戲，他從西裝內袋掏出一根雪茄，用肩上燃燒的三昧真火點燃。伸手指天，乍然烏雲密布，閃雷悶響，一道巨雷轟然擊落，垂直打中大榕樹。

仙仔立刻手按樹幹，將天雷引入體內，免得殃及玉彌跟賴康。

「狼養久了，變成一頭狗？」地狂嗤笑道，眼瞳如火炙烈，「你有多少能耐，城隍廟大仙。」

雷雲瞬然蓋住天空，噴下傾盆狂雨，無數閃雷交織，廟口的庄民驚見雷雨，趕緊拉上遮雨布，逃往屋簷下躲避。地狂的笑化作轟雷，笑裡蘊藏極度的恨，似要翻天覆地，毀滅世間。

地狂再次引降怒雷，十幾道紫雷匯集一柱，夾帶毀滅之勢，所有有形及無形之物都難逃雷擊。仙仔縱有真氣護體，但顧慮到玉彌跟賴康，雷落至地面前的剎那，仙仔忖自己就算被雷打中，也不至於死。於是他將真氣護在二人身上，自己以肉體血軀吸收閃雷。

突然一陣清風吹來，偏移雷擊，柱雷痛打在一旁廣袤的農地，雷似煙花四散，冒出火花燎燒原野。

「姓吳的，你偏要插手嗎？」地狂吼道。

仙仔趁勢一掌打在地狂胸口，爆出一震聲響，地狂退了幾步，站在滂沱大雨之中。由於方才受了雷擊，仙仔傷入元神，耗損極大，因此攻勢無法造成多大傷害。

「當年你不顧於我，今日卻妄想救人？」地狂一聲笑便引起一聲雷鳴。

仙仔道：「因果自有報應，當日之事，我已承天劫，你且莫執迷不悟！」

蒼穹傳來雷霆巨響，霎時方圓百里激起一片白光，躲在廟內的人看得膽顫心驚。

地狂如雷現身，掐住仙仔的脖子，「報應？你現在的下場就是報應！什麼狗屁天劫，一百年來真正囚在深黑海淵受苦的是我，與你何干！」

玉彌卻突然從背後出現，嘴咬一紙符，喚來五行雷，趁地狂未注意時一掌打進他體內。

他未想到玉彌竟已醒來，只能被迫放手，此時清風徐拂，縛住地狂。

地狂放聲怒吼，化散清風，叼著雪茄踱向玉彌。臉笑眼恨，那雙火眼恨不得燒滅所有阻擋他的人。玉彌被魅影侵蝕元神時，除了痛楚就是想用盡力量反抗，越痛越激發生存本能，但地狂的獰笑暗含無限膨脹的恐懼，那種恐懼足以壓倒玉彌的韌性，輕易抹去抵禦的念頭。

玉彌害怕了，怕得咬不住一紙雷符，身體被地狂瞪得不敢妄動。

上一次見過這樣的威壓，是在某個深山，她陪仙仔一起去跟大妖談判，妖怪卻相當跋扈，甚至弄傷年幼的玉彌，這還不算，更卑劣的是殺了當作人質的村民。那是玉彌看過仙仔最冷靜、也最殘酷的時刻，一柄七星劍成為嗜血仙器，那大妖臨死都震懾不已，大氣不敢哼一聲。

然而地狂的氣勢更猛烈，也更蠻橫，充滿對天地的憎，是近乎無暇的邪。

仙仔將玉彌拉到身後，唱念心咒，但元氣大傷的他壓不住狂瀾般的惡念，雷雨交加，陰氣騰騰，似乎要把人的心神吞噬殆盡。

清風形成一道隱牆，擋住地狂，地狂指向大雨中的廟宇，怒斥道：「姓吳的，爾始終要與我為敵，好啊，讓我瞧瞧還有什麼本事！」他手指天，天上霹雷隆隆，雷雲暗得彷彿天被撕開一個大洞。

仙仔抄起最後一張符，咬破手指沾血於上，元神出竅化作輕煙，冷不防打進地狂元神。地狂想不到仙仔竟甘冒元神具滅出此狠招，這時清風捲來，讓他無暇反應，只好遁逃無蹤。

「啊！」玉彌回過神，見到仙仔僵直倒在地上。

地狂消失後，雷聲漸漸消停，但雨雲沒這麼快消散。玉彌攙扶著仙仔到廟裡休息，庄民見雨小了點，一部分人連忙出去收拾殘局。

玉彌從未想過仙仔會敗得這麼徹底，正如陳阿舍所言，地狂根本不是人。他身上的戾氣遠遠超乎整個台南州的魔神仔跟厲鬼，仙仔的術法完全被玩弄於股掌之間。

若非那道清風助陣，加上仙仔捨命突襲，恐怕這次在劫難逃。

賴康醒來了，他睜開眼便看見虛弱的仙仔，聽完玉彌闡述，不敢相信一向游刃有餘的仙仔竟落到如此田地。

他們跟幾十個庄民同擠在宮廟，大家對這場雷雨議論紛紛，其中一個穿灰衣服的老人拿著二胡緩緩坐在凳子上，清了清嗓，拉了幾個音。

「那個人跟你有什麼過節？他為什麼這麼恨你，還有天劫是什麼，這是不是你為什麼要一直流浪的原因。」玉彌有太多為什麼想問，她發現仙仔身上有太多祕密。最讓她在意的是一百年刑罰，若說地狂曾受天罰一百年，那麼仙仔豈不是——

「妳全聽到了？」

「嗯。」

仙仔靠著牆，吃力地維持身子，朝神像一拜，感謝救命之恩。

「玉彌，那傢伙還沒拿出真本事，但我已經黔驢技窮，妳不能待在我身旁，知道嗎？」

「他到底是誰，還有你，你到底是誰？」玉彌一時不明白相識多年的男子為何這麼陌生。

仙仔笑而不語，望向拉二胡的老人。

前調奏完，老人拉起玉彌熟悉的曲調，是每年城隍廟建醮一定會有的序幕曲子。

「話說從前有個小仙調皮搗蛋，終日在天上胡作非為。」

「阿公，又要說那個故事喔，建醮的時候就會聽到了啊。」庄民抱怨道。

但老人閉著眼，繼續唱道：「小仙有個一同成道的伴，兩仙同樣喜歡搗亂，眾仙家拿祂們沒辦法，看到祂們只能大嘆無可奈何。話說南山兩個調皮仙，大亂天宮不得閒，目無法紀眾神厭，好比當年猴齊天。」

老人唱的詞卻與玉彌從小聽到大的不一樣，可是賴康反而說：「我們這裡就是這樣啊，我在城隍廟聽到的才覺得奇怪呢。」

老人踩著腳步，身體隨曲調微晃，「兩個小仙膽子越來越大，有次不慎禍害人間，害死許多人，玉帝下旨重懲二仙，此時引領二仙修道的仙君急急趕來，求玉帝開恩。話說罔顧天條害人間，玉帝怒意懲二仙，仙君趕往斬仙臺，勸用囚罰將罪還。發配苦淵千萬年，仙君憐憫太可憐，奉勸做人照規矩，莫等時盡空悔恨。」

一曲唱罷，仙仔方說：「其實以前城隍廟建醮唱的詞曲跟賴康家鄉一模一樣，只是為了城隍爺，才改成現在聽到的樣子。」

玉彌似懂非懂，兩首相仿的詞曲似乎隱藏了一個故事。但太多事情糊里糊塗，她理不出一個頭緒。

反倒是賴康露出恍然大悟的神情，他驚訝地看著仙仔，「所以、所以你跟那個道士，你們就是那兩個調皮仙？」

賴康繼續抽絲剝繭，半信半疑推論道：「為你們說話的仙君難不成是城隍爺？」

「怎麼可能，仙仔怎麼可能是神仙。」但玉彌也困惑了，地狂讓她不得不相信可能真的有這麼回事。

「你們不用再猜了。」仙仔慎重其事地看著玉彌，這眼神讓玉彌恐慌。「我跟地狂出生就帶有仙質，爾後幸運得到城隍爺提點，加上我們極具慧根，四百年前我們順利飛昇，成為散仙。後來城隍爺帶著我們四處巡狩，懲治奸惡之徒，但我們太驕縱，並沒有照城隍爺的希望守護百姓，反而到處搗亂，還把齊天大聖當成榜樣。」

「但城隍爺一直到處跟人賠禮，說我們性情不壞，只是需要更多時間教化。一百年多前，我跟地狂打賭誰能讓揹著天池的贔屭移動，結果贔屭翻倒天池，造成凡間水災。」仙仔悔恨地咬著嘴唇，「那次水災害死成千上萬的人。玉帝大怒，下令將我們推向斬仙臺，城隍爺替我們向玉帝求情，祂始終認為我們只是一時糊塗才釀成大禍。」

「有些曾經被我們戲弄過的仙家也求玉帝開恩，玉帝便奪去我們神格，受徒徙之苦。判刑之際，玉帝卻查到使贔屭翻倒的是地狂，便先罰地狂囚深黑海淵五十年——那是比冥府更黑暗更折磨心志的地方。地狂氣不過，以為我出賣他，也認為城隍爺偏心，於是掙脫縛仙繩，大肆破壞天宮。玉帝知曉後勒令將我們倆推去斬首，城隍爺為保我們的命，願囚自冥府，直到我們刑期結束。」

這下玉彌才明白，為何會流傳城隍爺不在城隍廟的傳聞。

仙仔說，於是玉帝最後判地狂刑期加倍，囚海淵百年，他則受徒徙，必須不停四方雲遊，代天巡狩，直到將功贖罪。

其實仙仔只要待在同個地方太久就會受到懲罰，最嚴重有可能元神湮滅，然而他為承城隍爺恩情，每年建醮定要回來。

「所以說，仙仔可以算是城隍爺的代理人囉？」賴康問。

「姑且能這麼說。」

玉彌無法像賴康這麼淡定。仙仔因為逗留時而暈眩時總是推說沒問題，一直用謊言粉飾危險性。

「笨蛋！你為什麼不告訴我，明明很危險不是嗎？你每次都因為我的任性而留下，卻從不告訴我這樣做會害死你——」玉彌緊緊揪著仙仔的衣服，哽咽地說：「——你如果有什麼三長兩短，我會恨死自己！你到底知不知道啊，傻瓜！」

「別這樣啊，他可是真的神仙。」賴康勸道：「而且大家都在看，拜託先停下來，至少去沒人的地方吧！」

「是神仙又怎麼樣？神仙就能說謊不打草稿，祂們也會死啊！」玉彌抱住仙仔，把仙仔的帽子撞到一旁，她淚流汩汩，如同外邊的雨。

仙仔莞爾，擁住玉彌的身軀，彷彿她還是多年前的小女孩。

第十二章　勾魂

受罰至今，未過百年，地狂卻已現身，代表他是從海淵逃出來，準備向仙仔、向天上所有神仙報復。地狂看得出玉彌跟仙仔之間深厚的羈絆，絕不可能放過她。

只是照玉彌倔強的性子，就算告訴她找個安全地方躲著，她也絕不會聽。因此仙仔只吩咐玉彌要更加提高警覺，帶上所有派得上用場的法器、符咒、口訣。

待雨後天晴，他們去了賴康家，見到賴康年邁但精力充沛的母親，見到仙仔送上錢來，她婉拒了，並說方才已有個風度翩翩的年輕人送來過。接著她問起賴康在台南市過得好不好，有沒有聽雇主的話，又拉他們喝涼水，一會說起建醮多麼熱鬧，另一會皺著眉說那場雷雨多駭人。

她精神奕奕的模樣，讓玉彌不忍心說出實情，因此示意仙仔閉口，就讓賴康的母親暢所欲言。後來仙仔跟她推了陣太極，總算說服她收下那筆錢。

「我們家用不到這麼多錢，幫我拿一些回去給小康，他一個人在那裡生活不曉得辛不辛苦。都快三十歲了，也不帶媳婦回來給我跟他爸看。」賴康的母親握著玉彌的手說：「要是他能娶到這麼漂亮的姑娘就好了，最好再生個胖寶寶。」

話匣子一開，三人在門口接著叨絮一陣，眼看話就要接不下去。幸好賴康的母親看天色不早了，瞥到玉彌微微皺眉，想到拖住別人太久，便趕緊停下嘴。

玉彌倒不在乎天色如何，她只是因賴康母親的笑顏而難過，朝思暮想的兒子其實就在身旁，只不過已是另一種身分。

兩人向賴康的母親道別，最終還是沒有說出賴康死去的事，坐了最後一班車回去。

「謝謝你們沒讓我母親失望。」賴康的遺願已全部完成，隨時能往鬼門。但他也擔心地狂的事，只是身為一個普通的鬼，地狂光憑眼神就能滅掉他，因此仙仔勸他想著過三途河的事就好。

回到寶町，星月被厚厚雲層籠罩，彷彿有雙眼睛俯瞰，散發強烈的壓迫感。入夜後街上的鬼突然消失了，甚至是喜歡在夜裡捉弄人的精怪也不見了，他們畏懼這凝重的氛圍。

街道真正進入空蕩蕩，人鬼皆無，寂靜得讓人害怕。

一輛黑頭轎車停在城隍廟前，不必說也知道是誰來了。陳阿舍跟管家坐在廟前臺階，一臉愁雲慘霧，見到仙仔走來，著急地衝上前。

能讓他深陷憂愁，又不得不拉下臉來城隍廟求助，只有一個可能——晚煙出事了。

果不其然，陳阿舍喪著臉說：「仙仔，不管我之前怎樣都請您別計較，求求您救我的女兒吧！我可以給一棟房子，給您十輛車，您要什麼都拿去。」

「快告訴我發生什麼事？」

「晚煙她忽然昏迷不醒，可是我檢查過沒有符咒，也沒有其他奇怪的東西。」

「地狂——那個道士有沒有跟你接觸過？」

「對！就是他，我跟謝桑說我不想繼續參與這件事，謝桑打算殺掉郡守，結果那個道士突然出現，說我違反約定……然後、然後晚煙就……」陳阿舍支支吾吾地說。他完全失去大地主的氣派，此刻他只是個心繫愛女安危的父親。

玉彌想到賴康的母親，儘管性情開朗，但提到許久沒回家的兒子也是如此憂心忡忡。她不禁甩了陳阿舍一巴掌，怒道：「只有自己親人出事才想到難過，從未替別人的親人想過！你這傢伙太自私了！」

「妳幹什麼？」管家趕緊阻擋玉彌。

幾位家丁也從車上出來，衝上來保護陳阿舍。

「都滾開，滾！」陳阿舍跪在地上，老淚縱橫地說：「玉彌姑娘，妳想打就打吧，但求求妳，求求妳拜託仙仔救晚煙。我的錯跟晚煙沒有關係。」

晚煙被魔神仔小芒纏身時，陳阿舍亦無這般擔憂，他當時還算跟地狂同一陣線，打著就算仙仔束手無策，也能央求地狂的主意。但此時陳阿舍已無後路，他知道如果不求仙仔，晚煙的命就真的沒救了。

仙仔看著憂慮的賴康，這下他又有放不下心的事。

「賴康在您身旁對吧？我向他磕頭認錯，都是我不好，我不該這麼貪，害了你，也害了晚煙……我向你磕頭，拜託救救晚煙。」陳阿舍隨便朝個方向猛力磕頭，額頭都擦破皮。

仙仔嘆了口氣，抓住陳阿舍的肩膀，讓他別再敲地。

「不必你說我也會救晚煙。」

甫從北港回來，仙仔跟玉彌風塵僕僕趕往陳阿舍家。仙仔並沒感受到妖氣或其他詭異的東西，進入晚煙的房裡一探，晚煙就像睡著一樣，睡得很安詳。

但陳阿舍說晚煙從一早昏迷，到現在都沒睜開眼，而且鼻子也無氣息。仙仔按住晚煙的額頭，詫異地捉住她的雙手，急急念咒。

陳阿舍緊張地捏手，從仙仔的表情，他知道這次非常嚴重。

「她的靈魂被帶走了。」

「嗄？晚煙、晚煙死了？」陳阿舍差點沒暈過去。
「別嚇自己，我只說靈魂被帶走，並沒說她死。」
「可可可是，人沒了靈魂不就是死了嗎？」
「快說，老老實實交代清楚，你跟地狂究竟做了什麼協議，不然為何他要捉走晚煙的靈魂。」仙仔嚴厲地說。
事到如今，陳阿舍也不再隱瞞，但他做出交換條件，要求仙仔一定要救回晚煙。仙仔允諾後，陳阿舍便娓娓道來。
「從很早開始，我跟謝桑還有一些老闆就靠賄賂鈴木標建案，但其他商會的靠山更硬，有幾次我們都搶輸。謝桑不曉得在哪裡認識那個道人，用下符逼我們的對手讓出建案，可是魔神仔竟然把一個人給殺了。我跟謝桑討論這件事的時候，正好被賴康聽見，只好灌醉他，慌忙中只好帶去聚會。誰知道鈴木心一急竟然打暈他，我怕生出事端，就、就殺了賴康。」陳阿舍說出真正的陰謀：「後來謝桑說，他不只想要重建州廳的案子，他說日本人就要戰敗了，乾脆把官員殺一殺，直接侵占土地，大撈一筆。」
「地狂要你們幫他做什麼？」
「他要了一塊地，一座山，但那是一塊廢地，以前打仗死了很多人，根本沒人敢靠近那裡。還有——」
「還有什麼？」
「他、他要我幫他找一個法器，可是我找不到。」

「等等，你說法器？」仙仔突然睜大眼睛。

窗外驀然閃過劇烈白光，接著轟雷大作，那道雷炸碎空氣裡的沉重壓迫，碎裂成無數惡意，蔓延每個角落。

雨傾盆而下，密得幾乎遮住視線。

「給我車鑰匙！」

「什麼？」所有人異口同聲說。

「快啊！」

管家疑惑地把鑰匙遞給仙仔，仙仔叫著玉彌盡速跟上，陳阿舍見晚煙毫無動靜，也急忙追在後頭。仙仔用力拉開車門，插入鑰匙，催動引擎。

「仙仔，我家晚煙要怎麼辦？」

「閉嘴，坐好。」仙仔打動排檔，迅速倒車，差點沒讓陳阿舍跟玉彌撞在一起。

仙仔打開雨刷，踩足油門，急速奔往城隍廟。濛濛雨夜裡仙仔卻如入無人之境，過彎閃人毫不含糊，一毫秒的時間也沒浪費。

「我說仙仔，你不是神仙嗎，難道不能飛過去嗎？」坐在副駕的賴康問。

「飛？被打下凡間時就只剩走的功能，難道你以為我是喜歡才用走的去流浪？坐好，要再加速了！」

仙仔一路狂飆，彷彿才一眨眼時間就回到城隍廟。廟埕外停著另一輛汽車，謝桑撐著大傘，站在廟門前，原本該閉鎖的廟門已遭撬開，廟方人員也被架在一旁動彈不得。

「陳哥，你終於想通了？」謝桑喜出望外。

「你在城隍廟幹什麼？」

「師父說他終於找到東西了，就在——喂，你是誰，師父吩咐了誰都不准進去，來人抓住他。」

仙仔推開小嘍囉，交由玉彌處置。廟裡被極強的結界封住，要是未受傷，仙仔可以輕易破解，但此時他只能咬緊牙關硬闖。他跑進廟裡，果然看見身穿西裝的地狂。

「真是太巧了，讓你看見我再次飛升。」地狂踩上貢桌，踢翻香爐。

「下來！你忘了是誰讓你免受殺身之禍？」仙仔吼道。

但地狂確實什麼都忘了，他只在乎報仇。他宛若即將加冕的王，踩著無比榮耀的步伐前進，雷聲更響，雨勢更猛，似要淹沒整個寶町。

城隍爺肅穆的塑像立在他的眼前，他只有滿臉諷笑、憎恨、不屑。

仙仔縱身躍上，卻不料地狂張口噴出烈火，倏地將仙仔的帽子燒成灰燼。地狂反手一推，仙仔便重重摔於地。

「我給你一個忠告，受重傷的人還是乖乖地看，也許能活得久一點。」地狂冷笑道：「反正你最愛苟延殘喘了不是？」

「城隍老頭，沒想到我會出來吧，你不常說因緣果報嗎，既然你當日不義於我，也早該算到今日！」

地狂扒開城隍塑像，一道金光自泥塊隙縫閃耀，他挖出金芒狼吞虎嚥，身體立刻散發異光。

當初玉帝奪走仙仔跟地狂的仙格，並交由城隍爺保管，仙仔也不曉得藏在何處。只要拿回仙格，就能變回呼風喚雨、逍遙自在的神仙，但顯然地狂要的不只這些。

「這些垃圾送給你。」地狂將塑像捏成泥，扔在仙仔身上。他從口袋拿出一顆紅珠，「多純潔的靈魂，可惜我不能還給你，因為背信者必定要受天罰。」

「你還要殘害多少無辜的人才甘願？」

「是不是在凡間待久了，腦子也遲鈍了，說到殘害無辜，誰能與你比肩。那日是你說要逗贔屭，到底是誰不顧底下千萬生靈？」

仙仔啞口無言，他無法反駁當年犯下的錯。

「你現在只是條天養的狗，而我是即將代天之神。」地狂走過仙仔身旁，「看看你，你連起身的力氣都沒有，不如跪著求我，等我滅天之後，或許能考慮封賞你。」

地狂將仙仔的仙格一同吞下，得到無窮的力量，他身上不斷湧現神力，雷雲響徹雲霄，一路打響至凌霄寶殿。此時天上眾神仙已收到不祥的訊號。

他扔出一張黑符，召喚出無數鬼怪，奇形怪狀的山精水怪，那些最惡名昭彰的妖魔全部被地狂納於麾下，儼然是個龐大軍團，征伐的目標不言而喻。

此刻仙仔在地狂眼中只是個一捏即死的螻蟻。

地狂猖狂大笑，將紅珠往地猛力一砸，沉浸地板裡。他拿下禮帽，向仙仔深深鞠躬，帶著滿足的笑靨率領妖魔大軍倏然消失。

結界也隨之不見，玉彌甩開小嘍囉，跟陳阿舍衝進裡頭，卻只見到一團亂。

仙仔的傷勢更重，已經傷及元神，加上天劫逼近，遠非休息、運行真氣就能恢復的程度。

「晚煙呢？」

仙仔吃力地比著下面。

「地下？」陳阿舍猛敲著地磚。

「她被扔到冥府去了，但不用擔心，」仙仔趁陳阿舍尚未瘋狂大吼前解釋道：「晚煙並沒有死，只要去冥府找回她便一切沒問題。」

「玉彌，妳留下。」仙仔撐起身子，用盡力氣走進風雨之中。

人都到地府去了，怎麼可能不操煩？但陳阿舍也只能把希望寄託在仙仔身上。

「這是要去哪？」

「冥府！」仙仔打開酒壺，將裡頭琥珀色的液體一飲而盡。

「不行，我也要跟你一起去，就憑你這身體什麼都做不了！」

「冥府不是凡人能去的地方，交給我跟賴康吧。」

「賴康去我才更擔心，反正不管你要去哪，我跟定了。」玉彌纏著仙仔，眼裡閃爍堅決。

賴康眼中也有同樣的覺悟，「反正我早晚都得去。」

仙仔只好答應，催促玉彌趕快上車，油門急踩，一溜煙隱沒在暴雨裡。

「他們要開去哪？」謝桑被這情形攪得一頭霧水。

「地府。」

「嗄？」謝桑看著狼藉的城隍廟，慌張地問：「師父不見了，我們之後該怎麼辦？陳哥，你說了我們有難同當吧？」

「去你媽的，別煩我。」陳阿舍一拳揍在謝桑鼻頭，搭著管家開來的車回去。

第十三章　紅鬼

仙仔將車子停在運河附近，大雨造成河水暴漲，泊於岸邊的船隻像是溺水般載浮載沉。仙仔點著三柱清香，成為雨夜裡唯一的光源，裊裊輕煙一路飄至港外。

指頭大的雨滴重重打在傘上，玉彌的手臂都快支撐不住重擊。風雨裡忽現一盞明燈，搖搖晃晃朝仙仔他們接近，一艘戎克船平穩航行於狂雷暴雨之中，船頭站立著身材巨大魁梧的紅鬼。

紅鬼戴著斗笠，提著大燈籠，朝仙仔莞爾，絲毫不受惡劣氣候影響。戎克船出現在他們面前，賴康被紅鬼兇惡的臉孔嚇了一跳。紅鬼拋下大鐵鍊，船立刻停下，無論水浪如何震幅，依然像在風和日麗的水面。

但沒時間驚嘆那條鐵鍊到底多重，以及紅鬼有多大的力氣，仙仔抱起玉彌，讓賴康進入酒壺，他將漁船當成踏腳石，一路跳到紅鬼船上。

「真是不好搞的雷雨，這是地狂那傢伙惹出來的嗎？」紅鬼仰望天上咆哮的雷電，對地狂的力量深感驚訝。

「用最快的速度去鬼門。」仙仔不願對地狂多作評價。

「當然，這可是特地為你開的直航航班。倒是你真的做好決定了？」

「都天翻地覆了，還有什麼好猶豫的。」仙仔吩咐玉彌跟賴康進入船艙避雨。

紅鬼收回鐵鍊，拉動船帆，在逆風中驅動船隻。運河兩岸一片驚濤駭浪，幾艘綁不牢的商船被大水沖到原本是道路的地方，紅鬼見此卻哈哈大笑。

「這情景倒有幾分熟悉，像極了你們當年大鬧鬼門的樣子。你跟地狂拿著偷來的盤古神斧，在三途河試驗威力，大水一連打翻二十艘船，鬼門岸也被沖得一蹋糊塗。」

紅鬼這番話讓仙仔回憶往昔，他跟地狂經點化後終於得道，雖然悟性極高，但玩心未了，終日飛來飛去，四處遊蕩。城隍爺替兩人謀取一職，不過他們寧願當逍遙自在的散仙，上鬧天宮下闖地府，每天都能想出新鮮事。

仙仔嘆氣道：「輕狂往事，不值一提。地狂已恢復仙格，隨時都能直上天宮，而且他連我的份也吞下去。」

「怪不得弄成這副模樣。地狂在海淵這些年，似乎變得更加暴戾，以他對天庭的仇恨，這場浩劫恐怕沒這麼簡單撫平。」

兩人走進船艙，玉彌跟賴康正在整理內部，把雜物拿到一旁放置整齊，清出一個舒適的空間。船在風雨裡行駛的相當穩當，完全感覺不到波濤。

「我泡茶給你們喝。」紅鬼解下斗笠，走到儲藏室裡，他身子很大，頭部就快撞到船頂，彷彿稍稍一跳就能撞破整艘船。

「他會不會誤拿成孟婆湯？」賴康小聲地問。

「大可放心，你的功過尚未審，是沒資格喝孟婆湯的。」紅鬼已經拿了一包茶葉走上來，輕輕把手按在賴康肩上。

沒有斗笠擋住面部的紅鬼看起來更加可怕，那抹和藹的微笑卻散發無以名狀的震撼，差點沒把賴康嚇暈。

紅鬼泡茶的手法非常熟練，他平時來往三途河都會泡茶招待那些鬼，當然被捉回來的厲鬼只能在浸在水下喝河水。

「仙仔以前真的是那麼調皮的神仙嗎？」玉彌還是不太相信眼前的仙仔竟曾跟囂張跋扈的地狂齊名。

「何止調皮，簡直壞事做盡，搞得眾人頭疼。」紅鬼笑道。

「就像建醮時唱的詞曲一樣嗎，『目無法紀眾神厭』。」玉彌看著仙仔。

仙仔沒有反駁，默認自己曾經的放縱。

「趁這個時候，我來說些仙仔以前的事。」

「不行——」仙仔連忙揮著手。

「好啊！」玉彌想知道更多關於仙仔的事。

「我記得跟他們認識是在三途河，大概是三百年前吧？三途河住著一種身長百尺的大鯉魚，這種鯉魚能鎮住惡鬼。那次我跟往常一樣航行，卻發現河面浮著一大塊骨頭，有人竟然把鯉魚抓去吃。」紅鬼一一斟茶，分遞給三人，「我搜尋了一會，發現他們倆個大辣辣地在岸邊烤魚，仙仔還理直氣壯地回我：『魚在河裡為什麼不能釣來吃？』說實話，雖然沒有規定不能這樣做，但打從我巡航三途河開始還真沒見過這種事。」

仙仔反駁道：「後來你不也一起來吃嗎？」

紅鬼抱胸點頭道：「說的對，我沒想過大鯉魚的味道這麼好。哦，還有他們抓喜鵲佯裝鵲橋，讓牛郎織女提早相見，玉帝還為此大發脾氣。」

仙仔抓著頭髮，辯駁道：「一年一次太少了，當時我只是想讓他們多見幾次。」

「可是他們一見面就下雨，兩人恩愛倒好，苦了下面靠天吃飯的農人。」

「想不到仙仔以前挺厲害的。」賴康看著一派正經的仙仔。

「現在可不是悠閒說閒話的時刻。」仙仔只想趕快讓紅鬼閉嘴，免得一直被起底。

玉彌記憶裡的仙仔一直是嚴謹、道貌岸然的模樣，跟那些故事中的仙仔簡直是不同人。

「不過地狂說的沒錯，當年確實是我提出讓贔屭移動的建議，才害的那些人家破人亡、流離失所，應當是我囚禁海淵才對。」仙仔哀然道：「天池傾覆後，我跟地狂趕快去借了息壤，可是先前我們也曾騙來息壤填平瀛洲仙島的湖水，這次無論我們怎麼懇求就是借不到，我們只能眼睜睜看著大水淹沒村莊、沖垮城牆，一縣之地瞬間化為澤池。」

仙仔越說眉頭皺得越深，似乎想起那段悲痛過往，他萬分自責地說：「大水過後我們只能在城牆上聽著人們哭喊，望著人們對著親人泡爛的屍體痛哭，那是真正的人間煉獄，一切都是因我而起。那時候冥府塞滿冤魂，等著渡河的鬼擠滿碼頭，死有不甘的更不計其數。」他日日夜夜流浪，無時無刻都會想起這件慘劇。

玉彌從小就喜愛打抱不平，庄裡的小混混也最怕她，時常把人給揍得鼻青臉腫。像仙仔這樣的惡行，玉彌更是半點不能忍受，她嚴肅地指著仙仔：「既然悔恨，就不該繼續沉溺在苦悔之中，這是你們種下的因果，你應該把精神放在解決地狂，避免再次生靈塗炭！」

玉彌說得正氣凜然，連紅鬼也忍不住鼓掌。

「我不想要那個總是訓斥我的人，自己卻是個不敢面對的膽小鬼！」

「他是真的神仙耶！」賴康勸戒道，免得玉彌說出更激動的話。

但仙仔不否認玉彌的話，他面對地狂時的確有所畏懼，心裡有無數的愧疚。這些往事讓他膽怯，當他要地狂別再執迷不悟，卻反問自己有何資格說這種話。
仙仔在地狂面前沒有底氣，也許地狂大肆破壞城隍廟時，他是有能力制止的，只是被歉意給綁住。但他因為一時內疚，反造就地狂，猶如當年為一時樂趣，害死凡間萬民。
「沒想到神仙也會猶疑不定，也會害怕。」賴康見氛圍比外頭天氣還沉重，便轉移話題道：「那麼，我們接下來該怎麼做？我想仙仔一定有好辦法。」
說回正事上，仙仔抹去哀愁的神情，說：「正因如此，我才要去冥府放出城隍爺，只有城隍爺能治住地狂。」
「城隍爺原來在冥府裡嗎？然道祂也要受盡地獄刑罰？」玉彌驚訝地問。
「不，玉帝判城隍爺於地府思過，也就是禁足，直到我們刑罰結束。」
「這樣做會不會惹怒玉帝啊？」
「都這個時候了，誰還管天條不天條。」讓玉彌最在意的是地狂是否有能力威脅天庭。儘管見識過地狂的威力，可是要撼動九霄之上的天庭，玉彌對此存疑。
「所以他需要更萬全的準備。想得到更強的力量最快的方法就是成魔。」仙仔說。
「魔？但他不是神仙嗎？」
「是神是魔，一念之間，地狂之所以幫助陳阿舍跟謝桑，就是為了吸取貪念、恨意、私慾，所有不好的情緒都能增加他的力量。」
紅鬼補充道：「加上地狂本身就已經有足夠的憎恨。世上之惡無窮無盡，不管人間、甚至天上也可能會有心尚不淨的神仙。」後段說得正是當年的仙仔跟地狂。

吸取天地之惡，邁向成魔之道。

「這樣、我的意思是說，城隍爺祂降的住地狂嗎？」玉彌忖若玉帝也束手無策，那城隍爺還能用什麼法子。

「妳當知道，仙仔跟地狂是由城隍爺渡化的，他們與城隍爺之間有著極深的緣分，天地間一物降一物，最強的力量正是緣。即使能用強力制伏地狂，但化解不了戾氣，彼時如來雖能壓住孫悟空，卻也是唐三藏使其感化。」紅鬼娓娓說著緣分的殊妙。「只不過冥府十八層，不知城隍被幽禁在哪。」

「連你也不知道嗎？」

「我充其量只是個渡船人，哪能知曉這麼多細節。」紅鬼笑道。

仙仔說當年城隍爺吩咐他要遵守天劫後，一語不發就乘船而去，此後再也沒見過面。

雖然玉彌不太懂緣分跟力量有什麼關聯，但只要找到城隍爺，就能化解危機。其實玉彌認為倒不如問閻君，總比一層一層瞎摸索好，不過紅鬼說了閻君必須遵照天條，不太可能透漏城隍的位置。

「糟了！說到惡，那傢伙該不會想——慘了，有沒有辦法再加快速度。」

紅鬼也突然緊張起來，他們忘了冥府匯集了地狂要成魔的所有要素。但船已經用最快的速度航行。

「沒辦法，你們可要坐穩了。」紅鬼起身走到甲板上，吸一大口直到鼓飽胸膛，他奮力呼出形成一陣強風。

船如箭飛奔，船底幾乎離開水面，紅鬼反覆吸吐，大風吹得船身搖搖晃晃。玉彌跟賴康緊抱著仙仔不放，發出尖叫。

他們比預定快兩倍的時間通過三途河，照仙仔跟紅鬼描述，三途河就像人間的碼頭，岸邊停滿準備押送鬼魂的馬車，道旁植滿綠樹，與常人想像的荒涼鬼域截然不同。

但此時鬼門岸停靠的戎克船或毀或沉，看守碼頭的鬼卒傷痕累累倒在地上。仙仔知道他們來晚了，連忙詢問意識尚清醒的鬼卒。

那鬼卒心有餘悸的說：「地狂回來了，他帶著一票凶狠的妖魔大鬧口岸，吸乾所有厲鬼，一路殺去監牢，恐怕那些惡靈、精怪全進了他的肚子。」

鬼卒忽然楞了一會，然後指著仙仔的臉大叫：「是你——你們到底想幹什麼？地狂剛走，你也跟著來！」

即使過了將近百年，地狂跟仙仔當年的惡行仍讓這些鬼卒記憶猶新。

「地狂動作太快了。」連續吐了五十餘次氣，紅鬼仍舊臉不紅、氣不喘。

「閻君已通令所有夜叉、鬼卒，全力攔截，但地狂帶了可怕的怪物，我們一看到他的臉腿就嚇軟了。」一樣貌同樣驚人的鬼卒恐懼的說。

「晚煙呢，晚煙怎麼了？」賴康急迫地問那個鬼卒。

「我不知道你說的是誰，不過所有的鬼都被若牛天王搶走，現在大概正在走回巢穴的路上。」

「糟了，想不到碰上這個麻煩傢伙，看來地狂已經私通好這些危險人物。」仙仔擔心地說：「地下不只冥府，還有許多危險地方，如果晚煙落入危險的傢伙手裡，那就難辦了。」

「危險的傢伙？」賴康害怕地問。

「不受閻君管轄，獨來獨往的好戰份子，在相當久遠的時代裡他們禍害人間，被打敗後全困在地下最險惡的地方。若牛天王是其中最殘暴的傢伙之一，若不幸陷在這傢伙手裡，恐怕……」

本來仙仔沒打算說得這麼仔細，免得賴康多慮，紅鬼卻直接說出來，但紅鬼也說：「你莫太過憂心，身為渡船人有義務保護眾鬼安全，更何況那位小妹妹陽壽未盡，我定會讓她安全重返人間。」

「事不宜遲，我們分頭去做，我跟玉彌去找城隍爺，你跟賴康去找晚煙。」

「沒問題！」紅鬼用力捶著胸脯，他拎起賴康，說：「準備好要走了！」

紅鬼這一組離去後，仙仔攜著玉彌奔往鬼城。

第十四章　鬼城對決

林子成片倒下，出現一個巨大的足印，那便是若牛天王留下的痕跡。賴康訝異地比劃腳印，紅鬼的體型已很壯碩，然而若牛天王光是腳印就比紅鬼的身體還大。

紅鬼知道賴康心裡害怕，便安撫道：「且莫擔心，我答應的事絕對會做到。」

但賴康怎能不擔心那個連閻君都管不住、橫行無阻的惡魔，嬌弱的晚煙在他手中有多麼渺小，可能只要吹一口氣就能將晚煙冰消瓦解，變成地下塵土。

想到這裡，賴康更憂懼了，他只不過是軟弱的鬼魂，如何對上那種大怪物。而且紅鬼就算力氣大，說到底也只是個來往三途河的船夫，如何跟若牛天王較量？他忖是不是要先找回仙仔。

「小子，你雜念太多了，都還沒見到對手，就慌張成這樣。」

「可是光看見腳印就知道沒戲唱了……」

紅鬼停下腳步，問道：「既然如此，你又何必東想西想，既然覺得救不了小姑娘，何不乾脆回頭？」

「我怎麼可能放下晚煙小姐，」賴康腦海浮現晚煙的笑靨，握緊拳頭說：「我當然想救回她！」

「那你在這裡猶豫什麼？」

「可是我怕，我不知道怎麼對付那個怪物。」

「你此刻所想皆是無謂的煩惱，你越害怕，對方就越強大，你想救的人所處困境就越危險。」

「那我該怎麼辦？現在遇到的可不是像小芒那樣善心的魔神仔，是殺人不眨眼、地獄眾鬼都怕的怪物，我只是個廚師——」

「不管你是什麼，你心裡有想救小姑娘的執念嗎？告訴我，你有嗎？」

「當然有。可是——」

「這就夠了。」紅鬼將賴康放在肩上，免得他躊躇不定，「等你在這裡決定好，小姑娘就變成下酒菜了。」

他們一路追著腳印，扶疏的樹林漸漸稀疏，變成高聳石壁，視野所及變得荒涼無比，一股陰氣迎面襲來，彷彿告誡莫要擅闖。天上散布詭譎的雲，皆是令人不愉快的色彩。黑色大鳥拍動血紅羽翼，盤旋於天空，對賴康跟紅鬼虎視眈眈，牠們發出低沉而聒噪的鳴叫。

這裡才是符合賴康印象的地獄，又荒蕪又恐怖，滿足一切人們對地獄的幻想。

一隻大鳥突然俯衝下來，用尖利的爪子勾住賴康，大鳥展翅時身形比紅鬼還長。大鳥拉起賴康，紅鬼立刻跳到牠脖子上，使勁一掐，啪得一聲大鳥放下賴康，頭也跟著被扯斷。

紅鬼把手指塞進鳥頭，分成兩半，黑色的漿液瞬間噴出。賴康趕緊別開頭，連連作嘔。紅鬼將那兩半頭顱高高舉起，扔向那群大鳥，大鳥敏捷閃過，看見教訓後便不敢再找麻煩。

走沒多遠，眼前出現一條血河，兩岸有無數被木樁插著的骷髏，陰風吹來使骷髏嘎嘎作響，像是在傾訴他們承受的痛苦。河裡飄來濃濃腥臭，近眼一看，那血流動極緩，就像一條巨大的傷痕。

「這條血河正是那些惡魔殺的人所累積起來，千百年來從未乾涸。」

血河見不到頭，也看不到尾，不曉得延綿多長。骷髏隨著河擺放，就可以知道這些怪物殺過多少生靈。據紅鬼說，那些屍骨不僅有人，有動物，還有鬼有魔，甚至也有被殺的神仙。

他們殺戮不分對象，只要興起就殺人，曾一夜殺死十萬天兵天將，震驚天宮。但在非常久以前，這些怪物被龐大的仙家聯合討伐，最終困在險惡地下。要是地狂解開封印，打出通往凡間跟天上的通道，屆時後果不堪設想。

「那他們豈不是比地狂危險？」

「在我看來地狂更危險，他有仙格，又取得魔道，非神非魔，非人非鬼，恐怕要比困在這裡的惡魔可怕百倍。」

驀然大地震動，一隻大腳擋在跟前，往上一瞧，是個長有象鼻的青面惡魔，有三顆頭，皆有象鼻，皮膚粗糙、渾身鐵青，頂著鐵球般的大肚子。

「他就是若牛天王？」

「不，若牛的個頭比他大多了。他叫若象天王，你仔細看他的四隻手全是暗紅色，是因為沾了太多血才變成如此。」

「這不是三途河的船夫嗎，怎麼，兼職做起導遊了？終於知道當船夫多蠢多無聊。」若象鄙視道。他聲音沉厚巨響，彷彿能貫穿雲表。那些跟在賴康他們身後的大鳥聽見若象的聲音，一個個急忙飛走。

若象其中一隻手握著鐵鍊，捆住十來個鬼。

「襲擊口岸也有你的份？」

「如此盛事豈能不共襄盛舉，這只是一點餘興，地狂那小子已經答應我們要打開通道。好久沒有手染鮮血的感覺，只要一想到我就渾身激動，我等不及撕爛那些高高在上的神！」

若象三張臉笑起來，醜惡的笑臉讓賴康不敢直視，這時他注意到賴康，說：「怎麼，你也抓了鬼來玩?只有一隻未免太無聊，我分兩個給你吧，把他們關在籠子裡，直到殺光對方才能出來。」

「不用了，你把我當成什麼。」

「哦?我看你把後面那個發抖的鬼給我吧，我想到一個有趣的遊戲，把他切成兩半，但五臟六腑都還連在一起，這可需要非常高超的刀工。」若象對賴康獰笑著，似乎已在想像用刀切入他的身體。

賴康嚇得腿軟，緊緊抓著紅鬼的腳不放。若象便是要他恐懼，越怕越好，這才能更激起殺戮的愉悅。

「抱歉啊，我很貪心，我不要兩個，我要全部。」紅鬼指著被鐵鍊綁著的鬼。

若象扔下鐵鍊，興奮地說：「你是打算陪我打發時間囉?」

「但是我很趕時間，因為還有一批人在若牛手上。」紅鬼鼓起肌肉，手臂隆如小丘，「恐怕不能陪你太久。」

「反正要不了太久。」若象重重踏在地上，賴康跟那些鬼被蹦起來，「三途河上的厲鬼是不是讓你變遲鈍了，我要把你的屍體泡在血河裡。」

賴康慌得牙齒打顫，若象跟那些擾亂人間的厲鬼完全是不同層級的級別，紅鬼或許是三途河上的霸主，但在這蒼涼之地裡若象完全不將他當成一回事。

紅鬼叫賴康閃遠點，一拳鑽入地內，掀起一大塊岩盤，若象甩出鼻子打碎岩石，三張臉發出嚎叫，巨腳往紅鬼身上輾壓。

賴康暗叫不妙，才幾下子就勝負已分——

但若象卻沒有徹底踩下去，紅鬼腳下岩地崩裂，但他僅用一隻手就抗住若象。若象揚起鼻子，憤怒地加重力道，地面猛然撼動，地表頓時裂開。紅鬼游刃有餘地笑著，奮力一躍，將若象高高舉起，朝堅硬的岩壁砸去。

紅鬼跳到他鼻子上，露出比起若象三張臉還惡狠的表情，「是不是待在這裡太久讓你變遲鈍了。」

「大、大哥，是我錯了，那些鬼都送給你吧——」

若象驚恐的低下頭，在紅鬼充滿殺意的眼神裡想起塵封無數歲月的可怕回憶，那是紅鬼尚未當渡船人前的往事。

擊潰若象後，紅鬼扯斷鐵鍊，指示他們走回口岸。那些鬼過於震驚，一個個癱在地上不敢移動。他們在口岸遭到攻擊時，那些鬼面夜叉毫不敢抗拒，若象只消一揮鼻子，就能砸毀一艘戎克船。鬼卒裡不乏專鎮跋扈妖魔的日夜巡遊，再作惡多端的妖魔見了日夜巡遊立刻束手就擒，凡是作惡的人只要見到他們現身，就會嚇破膽而死。

但日夜巡遊在若象面前卻如孩童般孱弱，那些鬼對鬼卒面對若象的恐懼記憶猶新，此刻若象就跟先前被他恫嚇的鬼卒一樣徹底崩潰。

假使若象殺人如麻、殘暴不堪，那麼能讓他屈服的紅鬼又是何等強大的存在。

賴康問：「你到底是何方神聖？」

「神聖，這誤會大了，我只是三途河上的渡船人。」紅鬼拉起其中一個鬼，「繼續待在這裡很危險，除了若象以外，這片土地想凌虐你們的惡魔少說有上百個。」

「上百個?」

紅鬼指著不遠的一處白色山丘，「那是其中一個，不過他已經死了。但活的不曉得有多少，聽得懂就快走。」

那些鬼慌忙向紅鬼指的方向逃去。

「你是嚇唬他們的吧?那種怪物還有上百個?」賴康看著倒在一旁的若象。

「比若象厲害的還多著，這傢伙只是嗓門大。」紅鬼說：「不過除了若牛跟若象，其他傢伙似乎沒有響應地狂的舉動，也許還在觀望。」

「如果他們全參加地狂的陣營呢?」

「那麻煩就大了，」紅鬼再強調一次：「非常之大。」

但就算其他惡魔不參與，也能借魔氣給地狂。

親眼看見紅鬼的表現，賴康忐忑的心情總算平復下來，至少不必擔心會瞬間被若牛天王擊垮。

※

見到那誇張的個頭後，賴康方才建立起的自信蕩然無存。若象比紅鬼大上兩倍，那麼若牛就大過若象三倍，他龐大的足以直接撞開擋在前頭的岩壁。那身氣力遠非若象能比擬。

若牛長著又尖又粗的牛角，全身長滿硬如鋼鐵的毛，光是背影就散發令人毛骨悚然的氣息。他拖著一條更粗大的鐵鍊，至少捆了上百幽魂，其中一個是沉沉睡去的晚煙，她還不知道自己已陷入險地。

「晚煙小姐——」

賴康叫著晚煙，紅鬼立即摀住他的嘴，躲在岩嶺之後。若牛敏銳的轉過頭，用血紅的眼睛瞪著那塊大岩石，確認沒人才繼續往前走

「莫輕舉妄動，若牛相當殘暴，一旦動手除非殺光所有東西否則不會停止。」紅鬼警告賴康：「一旦出手，就要必需擊倒他。」

紅鬼沒有對付若象時愜意，他審慎地思考能一擊中的的法子。於是他要賴康作餌，吸引若牛的注意力，他再趁機攻擊若牛後腦。

「我我我我不敢啊——」

「你不是想救那位小姑娘嗎，如果我直接正面向他開戰，若牛肯定瘋起牛脾氣，被他抓住的人首當其衝，那位小姑娘就慘了。」

為了晚煙，賴康只好硬著頭皮上。

賴康放聲大叫，聲音抖得歪歪斜斜，若牛回頭，發現了站在岩嶺上的顫抖的漏網之魚。

若牛慢慢走回來，每走一步地便一聲悶響，賴康覺得自己的心跳就要被踩破了。他的眼睛比賴康的頭還大，賴康的身影被映在那雙不祥的紅眼瞳中。

若牛眄著賴康說：「哦，我還在想有什麼東西鬼鬼祟祟，原來是漏了一隻小蟲子。」

「我只是迷路了……想問路而已。」

「正好，我帶你去真正的地獄吧。」若牛咧嘴笑道。

紅鬼見機倏地從後方出現，若牛沒料到埋伏，轉過身時紅鬼已伏在後腦，揮下一計重拳。若牛痛得甩開鐵鍊，紅鬼跳在岩嶺上，帶走賴康。

「啊——」若牛張手一推打翻巍峨岩嶺，震耳欲聾的聲波震裂地上，噴出一口惡氣變成暴風。色澤詭譎的雲層霎時被暴風攪混，落下無數碎石，每顆石頭足有一個人大。紅鬼破開鐵鍊，驅散眾鬼，用身體扛住落石。賴康協助引導眾鬼逃離，但晚煙卻還在沉眠，他只能抱著晚煙，一邊指揮其他鬼。

若牛發現了算計他的紅鬼，一雙眼變得更加腥紅，他嘶吼道：「我要殺光你們！」他鼻子噴出滿腔怒氣，怒氣一接觸空氣瞬間點燃，形成惡火。惡火會無盡燃燒，吞滅一切生機，只留下寸草不生的鬼地。

「我們該怎麼辦啊！」

「跑！」

若牛的皮毛遠比紅鬼想的堅硬，那一擊竟未打暈他，現在只能正面迎戰。但風暴與惡火追著驚慌失措的鬼魂，紅鬼必須先帶他們逃往安全的地方，一個分心若牛冷不防揍來一拳，扎實的讓紅鬼飛了老遠。

「是你？」若牛認出了紅鬼，脾氣變得更為凶暴。

紅鬼動了動身體，表現自己毫髮無傷，但實際上那拳造成不小的衝擊，他必須花了一點力氣才能站穩。

若牛朝天大吼，風暴襲向賴康，將他跟晚煙捲到天上，賴康拚命抱住晚煙，用身體擋住碎石。

「來吧，我們上次那場架還沒出勝負，這次你別想再站起來！」

第十五章　真情流露

飛砂走石打在賴康身上，他強忍劇痛擋住晚煙嬌弱的身軀。暴風將他們捲到半空，這地底的天彷彿跟地上一般高，被拋了這麼遠還碰不到頂。忽然風壓消失，賴康和晚煙置身與詭譎雲彩共存的寧靜，那種諧和是賴康一生未體驗過的，宛若死的感覺。

在地上的死他沒體會到，作為鬼卻突然能明白死的過程是如何一回事，他的痛苦消失了，取而代之是一股通體舒暢的暖流。

晚煙這個睡人兒終於睜開眼，驚見周圍的詭異，以及緊緊擁住她的賴康。兩人四目相對，還來不及說話，重力將他們往下拉。地面熊熊燃著吞噬一切的惡火，掉入了必然魂飛魄散。

底下若牛與紅鬼打得不可開交，地面坑坑洞洞，好幾處大岩壁被撞得稀巴爛，那些鬼只能不停逃向更安全的地方。紅鬼被打得鮮血直流，紅色的體膚變得更加鮮豔，雖然也打中若牛好幾拳，但他堅硬皮毛如鋼鐵厚實，身上幾乎找不到脆弱部位。

紅鬼速度再快，無法有效打擊也只是不停損耗體力，而若牛的破壞範圍越來越廣，就快要把那百來個無辜的鬼魂給拖下水。

「晚煙小姐，妳會沒事的。」賴康拍了拍晚煙的頭。

真的得說再見了。仙仔說過一個人只能死兩次，從人變鬼，由鬼化為無。第一次不痛不癢，這次賴康感受得清清楚楚，但他會遵守諾言，保護晚煙。

晚煙揪住他的衣服，相當恐慌，尚未明白這是怎麼一回事。賴康記得晚煙很小的時候喜歡爬樹，有一天傍晚她想坐在樹幹上看夕陽，結果不注意摔了下來，幸好賴康及時接住，但他卻因此右手骨折。那天晚煙被嚇得嚎啕大哭，賴康一直哄著她，告訴她自己沒事。之後晚煙便沒爬過樹了。

毫不例外的，賴康要再度保護晚煙，他就像晚煙另一個溫柔的父親，想要竭盡所能保護她、討好她。

「阿賴，我也死掉了嗎？」晚煙露出複雜的表情問。

賴康搖搖頭，說：「這只是一場夢，很快就好了。」

紅鬼發現賴康正急速往黑色惡火掉落，他虛晃一招躲開若牛的大手掌，朝賴康奔去。但若牛也狂奔上來，他已殺紅眼，不幹掉紅鬼這個仇敵誓不罷休。

此時賴康用盡所有力氣把晚煙扔出去，遠離若牛的攻擊範圍，晚煙不敢置信地盯著賴康，身體漸漸偏離惡火的位置。若牛看見賴康，伸手大力搧去，一股狂風吹過賴康，像是要撕開他的身子。若牛沒打中賴康，任他掉入惡火之中。紅鬼沒法同時救兩人，只好順著賴康的意思，跑向晚煙。

惡火雀躍的火舌到處尋找活物，風暴因地轉偏向力與惡火相連，形成威力更強的火龍捲。火龍捲瘋狂吸著物體，賴康也被捲入氣流裡，眼看就要被燒成灰燼。紅鬼只能眼睜睜看著賴康而無能為力，他至少得完成賴康的心願，保護好晚煙。

正危及之時，一陣清風灑落清水，切斷那股狂暴氣旋，惡火一碰觸到水便熄滅。若牛驚愕地停下腳步，縱然使用一個仙島的湖水也無法熄掉惡火，更何況那不過淺淺一灘水。

當若牛張大眼認清楚那些晶瑩的水是何物，不禁愕然。

「淨瓶水？」

觀音的淨水能洗淨眾生煩惱、凡間罪孽，正好與惡火相剋。但觀音大士並未出現，那陣清風包覆住賴康，將他平安送往地面。

紅鬼伸出強壯的臂膀，牢牢接住晚煙。

「又是吳真人的幫忙。」紅鬼向那陣清風莞爾。

「你是誰？」晚煙畏畏縮縮地問。

「我是賴康請來保護小姐的。」紅鬼輕輕放下晚煙。

賴康倒在不遠處，晚煙趕緊跑向他。

這下所有人都處在安全之地，紅鬼再無後顧之憂，他向天邊清風拱手道謝，接著大口吸氣，身體像吹氣球般逐漸壯大，紅通通的皮膚出現許多青色的神祕符號。紅鬼猙獰地瞪著若牛，那些符號突然發出金光。

若牛不信那陣清風能帶來多少淨水，再度噴出惡火，一瞬地面又被無情火焰佔據。接著捲起狂風，和惡火再結成火龍捲，頓時大地上生成十多道火龍捲，急速馳向紅鬼。清風驀然消逝，紅鬼肅穆地衝進火龍捲裡，這自殺舉動讓若牛忍不住沾沾自喜，卻沒想到紅鬼「哈」了一聲，火龍捲剎那間竟煙消雲散。

「憑這點伎倆恐怕殺不死我。」紅鬼往地上一陣猛砸，掀起巨大風沙。

「作夢！」若牛不甘示弱，再次向紅鬼揮拳。

兩拳相會，迸出巨大風煙，瞬間瓦解那些火龍捲。若牛被打退數十步，驚異地看著斷肢飛過身旁，紅鬼的攻勢還沒叫停，他飛身而來，一拳一拳深深揍進鋼鐵般的皮毛。

若牛痛得恢復理智，血紅眼眸裡的狂暴混亂漸漸褪色，眼裡盡露怯懦。紅鬼躍至若牛頭上，一招落踵狠狠踹中那顆牛頭。

啊——啊——淒厲的慘叫傳遍蒼涼原野。若牛跪在地上，噴出規模龐大的惡火，紅鬼置身火中不動如山，呼氣逆捲惡火，大火反撲若牛巨大的軀幹。紅鬼又一腳踢飛若牛，一團火球就此倒下，竄出無數黑氣。

見到若牛被擊敗的景象，那些驚慌的鬼魂紛紛發出歡呼，聲勢驚醒賴康。

「這就是死了又死的世界嗎？」賴康驚魂未定地看著黑氣籠罩的天。

「阿賴，你終於醒了。」

「晚煙小姐？」賴康想起身，但痛得使不上力。

「我是不是也死了，所以才會見到你。」晚煙皺眉道：「這裡一定是冥府吧？有個紅通通，長得很可怕的大鬼救了我們。」

緊繃的情緒鬆懈後，悲傷油然生起，晚煙回想方才情景，忍不住眼眶泛淚。

「不，只要仙仔打敗壞人，妳就能回家，到時候老爺跟少爺都會在妳身邊。」

「你也會一起回去嗎？」

賴康嘆了口氣，擠出微笑，「只要妳乖乖的，我就會回去。」這當然不可能了，他的死已是真確的事，但善意的謊言總比讓晚煙傷心來的好。

晚煙聽了，便擦掉淚水，露出堅強的樣子。

賴康看見被燒成灰的若牛，心忖那些地下惡魔覬望的主因恐怕就是紅鬼，紅鬼雖一直謙稱自己是無名渡船人，但過去肯定有著不簡單的身分。

「你沒事就好，好久沒這麼大動筋骨，累得想睡個十天十夜啊。」紅鬼變回原本的樣子，走到賴康身旁。

「我說你既然這麼強，為什麼不去幹掉地狂？」

「這裡比若牛厲害的惡魔不計其數，該慶幸這次只對上若象跟若牛，否則我們真的慘了。」紅鬼笑道：「有仙仔跟城隍爺在，大概沒我出手的機會。」

但賴康只覺得紅鬼謙虛。

「你還好吧？」

「沒事，只是動不了。」

紅鬼扛起賴康，讓晚煙坐在他手上，招呼眾鬼道：「走了，我們回港口去。」

※

一殿鬼城被打得一片紊亂，成千鬼卒忙著修復城池，整理家園。

不斷有黑氣往上竄升，代表冥府裡的邪氣持續被地狂吸入。走過鬼城街道，那些鬼卒看見仙仔都露出驚怕的表情，卻不敢說出任何怨詞，直到仙仔跟玉彌走遠，才隱約聽到抱怨的悄悄話。

由於地狂大亂冥府，用來分別善惡的玉橋遭毀，轉輪臺也被砸碎，一堆待判的鬼魂只能在一旁發呆。為怕某些乖張惡鬼趁機發難，鬼卒嚴密看守，因此對仙仔的眼神也很不客氣。

玉彌不禁問：「你到底對他們做過什麼，每個鬼卒都又怕又恨。」

「以前我覺得鬼城的氛圍太過嚴肅，所以跟地狂來這裡幫忙『整修』過幾次。」

聽到這裡，玉彌不用再問也知道他們做了多荒唐的事情，過了這麼久還讓地府鬼卒心有餘悸。此鬼城的頭領是十殿閻君之一的秦廣王，他身穿蟒袍，站在堆滿雜物的路旁調度護法、鬼卒、判官，現在不分位階，全都拉去整修鬼城。

秦廣王見到仙仔，頭疼的說：「拜託您高抬貴手，別再鬧了。」

「喂，仙仔什麼都還沒做耶！」玉彌對秦廣王的態度很不滿。

「地狂將十殿徹底翻了一遍，所有兇殘的妖魔鬼怪都被他帶走，不然就吃得一乾二淨，寡人這裡什麼都沒有了。」秦廣王對仙仔的印象還停留在百年前他跟地狂調皮搗蛋的時候。

「仙仔早就改過自新了，我們是來打倒地狂那混帳的！」

「閻君，以前我有冒犯的地方請爾原諒，但此刻情況危急，我需要你的幫忙。」

「幫忙？你還記得你說要幫忙讓寡人的城池改頭換面，竟把轉輪臺漆得紅紅綠綠，還逼鬼卒穿上五顏六色的衣服，甚至還搞什麼祭典，寡人這城差點沒被你們拆了。」抱怨歸抱怨，秦廣王也明白事態嚴重，既然仙仔有法可想，他便問：「說吧，有什麼寡人能幫上忙的。」

「我要找城隍爺，請告訴我他被關在哪裡。」

「城隍爺啊……寡人也只有在城隍下冥府那日見過一面，後來就不知去向了。」

玉彌焦急地說：「爾身為十殿閻君，怎麼會有不知道的事情？」

「小姑娘，寡人這裡只是十殿其一，冥府各司其職，跟寡人不相干的自然不清楚。況且主理城隍爺案子的是東嶽大帝，寡人無權過問，若二位想知道，就跑一趟酆都吧。」

東嶽大帝乃十殿閻王上司，實質的冥府主宰。於是仙仔謝過秦廣王，借了一艘船航向酆都。雖然看守船隻的鬼卒很不情願，可是想到仙仔跟地狂曾是夥伴，心裡一怕，也只能出借。

「你的名聲真的很響，過了這麼久大家還是『忘不掉』你。」

「這得拜地狂所賜。」仙仔搖頭，「不對，這也是我自己造成的業果。」

沿途能一覽地狂對地府造成的破壞有多嚴重，十殿鬼城殘破不堪，而且黑氣不停湧上。岸上鬼卒各個提心吊膽，生怕地狂又發動一次攻擊，圍罩恐懼的寂靜最使人精神緊繃。

但地狂不會再來了，他要的只是吸取冥府裡的貪婪、惡毒等等負面情緒。大鬧冥府，又借到那些惡魔的力量，此時仙仔已無法想像地狂進入何種境界。

「不曉得賴康他們怎麼了。」

「這就不必擔心，若牛天王不是那傢伙的對手。」仙仔對紅鬼很有信心，「先前說過很久以前曾肆虐地上的惡魔吧，那傢伙曾是其中最殘暴、最強的惡魔之一。」

「那他怎麼會變成渡船人？」

「也許是受到感化，畢竟那是在我成仙前更早更早的事，對於那些過往我也不太了解。總之別擔心賴康跟晚煙，不會有事的。」

「但我很害怕——」

「別怕，妳只要躲在我身後就好，地狂絕不會動到妳一根寒毛。」

「笨蛋，我怕的是失去你。」玉彌害臊地轉過身去，「以前不管有怎樣的危險，我都知道你會來救我，而且總能化險為夷。可是這次不一樣啊，你很有可能……很有可能出事，如果你不見了，我該怎麼辦？」

玉彌的背影宛如十年前仙仔要啟程流浪時，她坐在臺階上生悶氣，不論仙仔好說歹說，玉彌就是不肯抬起頭。最後還是仙仔多待了幾天，玉彌才消氣。

「如果你也走了，我就真的一無所有。」玉彌消沉地說：「通伯過世後，只剩我一個人待在廟裡，我每天努力練功，每天算著你回來的日子。大家除夕都能圍爐，我卻只能待在房間，我每次都好想哭，可是我不想讓你擔心……」

玉彌出生就被算命師算出命中帶煞，有極強的命格，有剋死親人的危險，因此不到滿月過被帶到城隍廟交由阿通伯撫育。鄉里的流言傳得很快，大家都知道玉彌帶煞的事，不敢靠近她，同齡的小孩也時常取笑她剋死父母，因此玉彌時常跟小朋友打架，阿通伯只能一次次帶她登門道歉。

仙仔知道玉彌寂寞，但他無力可為，因為他也有天劫在身。阿通伯過世後，十二歲的玉彌必須隻身扛起城隍廟大小事，縱然曾經嘲笑她、說長道短的鄰里已也不敢得罪她，但玉彌的孤單一年比一年深。玉彌常說一般人的團圓飯是二九暝，她的則是在城隍廟建醮。

她抬起哭花的臉，哀傷地說：「我努力撐完三百多個日子，就是為了那幾天跟你相聚的時光。」

第十六章　回憶窟

直到見到東嶽大帝，仙仔跟玉彌一路上幾乎沒有對談，玉彌羞得不願再說話，仙仔則是保持沉默。酆都相當有秩序，每條大道每棟房屋都像同個模子印出來，放眼望去呈現昏暗色調，與灰濛濛的天空相得益彰，無處不顯露悲涼，卻有令人屏息的莊嚴。

港口邊大道上不見鬼影，連風聲也聽不見，靜得很詭異。他們往上走，來到位於酆都制高點的磚房，這房子外觀不大，掛著寫有「嶽帝廟」的木頭匾額。磚房緊緊關上，猶如緘默而睿智的老者，雖比起底下其他房子毫不起眼，與十殿閻君的宮殿相較更是雲泥之別，但隱隱然間流露著一股令人崇敬的力量。

仙仔輕輕敲門，門則自己打開，伴隨長久歲月而成的嘎嘎聲。裡面的空間出乎意料的大，彷彿專給比紅鬼更高大的人居住，仙仔跟玉彌在空無一物的房子裡變得相當渺小。

說見到東嶽大帝其實不太正確，應該是感應到了。他們沒見到東嶽大帝的實像，卻有股莊重的聲音直切進入腦海，無須冗詞自介，那聲音已知曉他們。

「傳聞中調皮搗蛋的小散仙，方才你的好友來過，已被孤驅出。」

地狂果然來過，怪不得都城如此寂然。從酆都完好如初的情狀看來，地狂肯定在東嶽大帝手中吃鱉。

仙仔可是連玉帝都打過照面，卻從未見過這位冥府最高執宰。

「無盡的惡、無盡的癡，塑造了一個可怕的魔，自那場大戰之後，孤不曉有多少歲月沒這般狼狽。」

「禰受傷了嗎？」仙仔緊張地問。

「無妨，你欲找孤有何事？」

「是這樣的，我想懇求禰放了城隍爺，當今只有城隍爺能攔住地狂。」

「天律已定，非孤能為，這是你的劫數。」

「意思是除非玉帝降旨，否則儘管地狂要滅天，也無法可施？」玉彌忍不住插嘴。

「非也，小散仙，此事關乎於你。城隍隨孤來酆都後，自覺督促不力，於是決定閉關，不曾有一日醒來。」

東嶽大帝對仙仔的口氣很和善，玉彌忖是因為仙仔跟地狂以前未曾染指酆都的關係。不過這兩人的惡名實在遠播，就算沒被捉弄到都會想提防他們。

只是讓玉彌反感的是東嶽大帝一直說著玄乎又玄的話，仙仔卻像每句都聽得懂，搞得她成了局外人，她不喜歡被排除在外的感覺。

忽然出現一道大門，門內燃燒清香，一個穿著白衣的中年男子盤坐閉目，像是栩栩如生的蠟像。仙仔走到那人面前，激動地跪下，玉彌便知那個仙風道骨的中年男子就是城隍爺。

「無知是福，緣是苦，爾後如何皆看你的造化。」

東嶽大帝的聲音消失了，留下一地靜默。

「不肖弟子讓您受苦了。」仙仔重重磕了響頭。

玉彌不知面著城隍爺的像被罰多少次跪，這是她第一次親眼見到城隍爺。祂閉目安詳，不受外界干擾，仙仔則是不停磕頭，懇請祂醒來。

東嶽大帝的話語暗藏玄機，玉彌猜不破；城隍爺和藹的面孔似有千言萬語，玉彌看不懂。她唯一明白的只有仙仔的悲楚。

「是不是要一直磕頭，磕到城隍爺願意原諒你為止？」玉彌二話不說跪下，跟著仙仔一起求。

「這是我的劫難。」

「別再說我聽不懂的話，不要丟下我一個人！」玉彌鬧起彆扭。

「妳很快就會懂了。」仙仔說。

接著玉彌按照仙仔指示，兩人坐定，元神出竅，一道白光乍現，包覆兩人，進入無邊無際的白色世界。仙仔牽著玉彌的手穿梭其中，玉彌只覺得視線濛濛，看不出來他們往哪個方向去。

突然天上傳來巨大悶響，彷彿有什麼東西爆炸，一陣強風捲入兩人，玉彌閉起眼，耳裡嘩啦嘩啦，隨即湧上寒意。再張開眼，她發現四周疾風驟雨，雷聲不斷，那是未曾看過的地方。

穿著久遠時代服裝的人們急忙避雨，一下子街上空無一人，但玉彌認出其中一個建築物，那是城隍廟，雖與現在的不同，但那確實是玉彌從小生活到大的廟宇。

廟門躺著一個嬰兒，薄弱的襁褓無法遮蔽風雨，雨滴沿著屋瓦墜落，浸溼可憐的新生兒。這時一股清風吹來，為嬰兒提供屏障，接著聽見啼哭的中年男子走了出來。

「啊！」

那個中年男子正是城隍爺，他瞥見嬰兒，皺起眉頭：「哦，好煞的命格，難怪被父母扔在這兒。這場雷雨也是你這小傢伙帶來的吧，真是可憐。」

城隍爺向那陣清風作揖，笑道：「這小傢伙很危險，吳真人不這麼認為嗎？不過他既然被放在廟前，表示與我有緣，上天有好生之德，我也不忍這孩子死去。」

清風聽了才悠然離去。城隍爺憐憫地抱起嬰兒。

玉彌掐指一算，赫然發現那個嬰孩的命格比她惡上不知幾倍，一出生就會剋死親人，不對，是他出生就注定要剋死整座城的人。這場雷雨將會持續好長一段時間，直到整座城的人淹死其中。

「怎麼會有這麼重的煞氣……」玉彌簡直大開眼界。

城隍爺當然知道嬰孩將會害死許多人，這嬰兒不論給誰扶養，都難逃拋棄之苦，甚至是被殺死。連七娘媽也顧不了這孩子。

身為百姓的守護神，城隍爺不願見到悲劇，祂將嬰兒帶入廟內，拿出一根木頭，一手按住嬰兒的頭，一手按在木頭上。

祂抓出嬰兒體內的重煞，撕成一半過到木頭，接著那木頭慢慢變成會動會哭的嬰兒，城隍爺看著他們嘆道：「千百年的劫難都算到你們身上了，要不是極好，就是極壞。」

這嬰孩乃是遠古時肆虐人間的惡魔被誅伐後的怨氣，經過漫長歲月漂泊，最終有部分附在他身上，所以他生來就帶著極重之煞。若被天界知道，恐怕得將嬰兒挫骨揚灰，扔到幽深冥府，免成浩劫。

「罷了，世間有無窮無盡之惡，亦有無窮無盡之善，好生撫育，沒準能修養成大善之仙。」

玉彌驚訝地看著仙仔，「難道那是你——」

「這正是我跟地狂出世的情形。我們本是一體，城隍爺為留下我們命，便將其中善惡拆成兩半，暫時躲過大劫。」

玉彌想不到仙仔的身世如此坎坷。也就是說，仙仔與地狂根本是孿生兄弟。

「這段往事是我跟地狂闖下大禍後，城隍爺才說的，祂希望我們從此知錯能改，可是始終沒達成祂的期望……玉彌，妳的心境我很明白，我們也時常被笑沒父沒母，而且我生來就一頭白髮，村人都把我當成怪物看待。」

仙仔跟地狂的童年與玉彌如出一轍，被訕笑，然後變成打架的局面，後來他們就被城隍爺帶到仙山神峰修練。他們悟性極高，成年沒多久便修道成仙，但骨子裡的惡卻沒斷乾淨，才鬧出那場大災禍。

「其實只要我們活著，那場水災根本避不掉，我們出生時就注定要害死這麼多人，只是受城隍爺恩澤，我們得以苟活，城裡百姓也逃過一劫。但業果仍在，城隍爺希望我們潛心修練，渡化惡果，卻想不到……」

仙仔語塞，不再繼續說。他們沒時間杵在這兒。

城隍爺的回憶裡有許多道門，每一個門裡都是一段祂跟仙仔他們的故事，玉彌跟仙仔一道一道闖入。這兩人打起架來比玉彌可怕多了，連隔壁村子都有人被他們打斷手，一次打三十個人也不成問題。

也難怪玉彌以前跟人鬥毆回來，仙仔也只是溫柔的安撫，從沒責罵過，因為他自己打得更兇。雖然如此，經由城隍爺的教化，兩人除了玩鬧，也時常幫助別人，在其中一道門裡，玉彌看見他們拯救了海難的人。

可能地狂分得較多的煞性，他個性很強，很倔；在另外一道門裡，地狂為了一戶貧農槓上官宦子弟，竟一把火燒了十多間庫房，差點沒嗆死那個人，連七娘媽都出面譴責他做得太過火，最後還是城隍爺居中調停。

雖然方法偏激了點，但地狂基本是為了討公道。

還有兩人成仙後，數也數不盡的惡作劇，每次都是城隍爺跟在後頭替他們擦屁股。

連續看了近千扇門，卻沒發現城隍爺的蹤影。

這時一道顏色不同的黑門開啟，玉彌開心的說：「一定是我們感動城隍爺了！」

她正要進去，仙仔卻彷彿感應了什麼，欲制止玉彌，但玉彌早一步踏進去。門內大雨如柱，往上一仰，發現天竟破了一個大洞，無盡的水不停向下潑落。

地上氾濫成河，大水衝垮地基，房屋與人漂流其中，到處都能聽見悲嚎。玉彌從未見過這麼慘的水災，看了仙仔自責的臉，便知道這就是他跟地狂惹出的大禍。

大水底下原有一個繁華的城市，但此刻所有東西都泡在水中，其中一個支流擠滿木材與屍體，多到足以堵塞水流。這是貨真價實的人間煉獄，百里內無人幸免，生還者抓著物體隨波逐流，被沖往下游。

在大水周圍的地上有更多被打上來的屍體，還有許多奄奄一息的人。等到天池的水終於流盡，地面已無生機，前來救援的人只能看著這片悲慘水鄉搖頭。

回憶裡的東西他們碰不著，因此當玉彌伸出手想給趴在親人屍體上痛哭的孩子一點安慰時，只能摸到虛幻的影子。

再次見到自己犯下的罪行，仙仔忍不住摀眼，想要眼不見為淨。

但玉彌掰開他的手，厲聲問：「為什麼逃避，睜開眼看啊。」

仙仔悲愴地說：「城隍爺肯定也很後悔救了我們，才會把自己鎖在這些回憶裡……」

他可以承認自己犯過這些罪行，但他看見這些可憐的人們，便更加怨恨自己的出世。他跟地狂本就不該存活，他們只是遠古的罪孽，只會帶給世間不幸。

那些哭喊每一聲都痛打著他，比起每一夜回首時都來的真實，數萬無辜的人命喪一夕，他卻依然苟活。地狂說的沒錯，他是個逃避的王八蛋，一切由他起頭，卻讓其他人飽受折磨。

活了幾百年竟沒有一個十八歲的姑娘堅強。

啪——玉彌甩了仙仔一個大巴掌，她氣憤地說：「說什麼呢，城隍爺若真的這麼想，當年就該讓你們血濺斬仙臺！」

接著玉彌緊緊抱住仙仔，用著從前仙仔安慰她的溫柔語氣說：「不管怎樣你都要堅持住，不是說了這是你的劫難嗎，你不振作的話，還能指望誰？有一次我對著城隍爺哭啼啼，問祂為什麼讓我這麼命苦，你不是摸著我的頭說：『命是天註定，怨城隍爺也沒用。前半生命中帶來，後半生操之在己。』」

仙仔的身體頓失力氣，癱在玉彌溫暖的懷抱，這是他這多年來第一次鬆懈情感，那些無助的、悲傷的一次發洩出來。他多年來日日夜夜在可怕的噩夢裡輪迴，如今噩夢該醒了，他不能逃避下去。

這是他的與生俱來的劫。

「哭吧，這會讓你好受一點。」玉彌用一生最輕最柔的語氣說。

「幾百年前我就眼淚就哭乾了。」仙仔輕輕推開玉彌，恢復以往堅強，要勇往直前接受他的宿命。

驀然雨勢停下，萬里晴空，天敞開一道紅色的大門。兩人攜手進入那道門，忽閃一抹紅光，裡面正是城隍廟。一切擺設跟被地狂摧毀前一模一樣，只是這裡的城隍廟沒有神像，僅立了一把劍。貢桌前有頭大老虎正在酣睡。

仙仔說那把劍是城隍爺鑄來封印他們的魔性，但城隍爺鑄好後就藏起來，祂還是相信他們能淨化自身。自城隍爺下冥府後就未聽說這把劍的下落，未想到竟藏在這兒。

第十七章　烽火下

大老虎忽然發出巨響，跟打雷一樣，玉彌以為吵醒牠，嚇得躲到仙仔背後。

「牠只是在打鼾，別怕。」

仙仔注視著那把老虎守護的劍，慢慢靠過去，卻沒想到老虎忽然醒來。牠是城隍爺的坐騎，自然認得仙仔，不過有陌生的味道在場，牠還是很審慎。

玉彌走去套近乎，但老虎不太買帳，牠吼了幾聲，又是鼻子噴氣，又搖了搖頭。

「牠在說什麼？」

「地狂四處肆虐，你是不是跟他一夥。」仙仔翻譯道，他懇切地說：「虎哥，我來這裡是為了請城隍爺出山擊倒地狂，請告訴我城隍爺在哪。」

老虎晃著尾巴，腳掌拍地，眼神威武而凶狠。看起來不太相信仙仔的話。

「你們以前是不是也對牠惡作劇？」

不用仙仔說，玉彌也猜到了。難怪老虎對仙仔如此不信任。

玉彌大膽靠近老虎，騷了騷牠的身軀，就像對付小花貓那樣。老虎倒很滿意被人騷癢，一下子沒了威嚇，舒適的伏在地上。

「吼——」老虎突然起身，撞退玉彌。

「別想用這招騙我，我才不會上當。」仙仔說。

「好啦，虎大哥，現在情況真的很急，地府才剛被翻得亂七八糟，地狂已經去了人間，接下來就要直闖天庭了！」

玉彌再次走到老虎身旁，百般溫柔地替牠梳毛，並讚揚牠。

老虎嗚嗚兩聲，似乎非常吃這套，牠昂起首，朝仙仔甩著頭。

「既然妳這麼拜託了，可是我不知道城隍老大去哪，老大只吩咐我守住這把劍。」

「咦？」玉彌忖城隍爺這捉迷藏也玩得太絕。

「我明白了。我們不必再找下去了。」仙仔說。

「都找到這裡，你別告訴我你打算放棄。」要是仙仔真的這麼沒骨氣，玉彌一定會叫老虎狠狠咬他一頓。

仙仔看向那把劍。

「你該不會想——拿著那把劍去找地狂吧？」

「嗯。」

「可是、就算多一把劍，地狂他……」

之前仙仔被擊垮這麼多次，如今地狂已經進入更高層級，縱使仙仔拿城隍爺留下的劍，玉彌也不認為有多少勝算。

「不是說一定要城隍爺出馬才行嗎？我們再努力找找，肯定能找到的。」

仙仔莞爾道：「這把劍就是城隍爺留下的解答。」

不過老虎噗哧一笑，對仙仔露出鄙視，彷彿在說他不可能拔出劍。於是老虎讓出一條路，仙仔走到劍旁，劍已經生鏽，整個黯淡無光。

是多少年前看過這把劍呢？仙仔忘了。他握住劍，一股能量卻彈開他的手。

耳裡傳來老虎訕笑，以及玉彌擔憂的碎音。

仙仔屏氣凝神，說：「生逢此劫，已澈悟了然，為平天地劫難，再無後悔。」劍身發出鋒芒，縈繞一層白光，積累百年的鐵鏽瞬然脫落，仙仔再次握劍，成功將之舉起。老虎瞠目結舌，不禁用後腿站起來，為仙仔鼓掌。

仙仔將劍插在地上，抱住玉彌，無比感性地說：「其實妳是很美的姑娘，如果打扮起來就更美了，去大宜都神居時，妳穿的真的很美。」

「為什麼說得好像一副要去死的樣子？你只要打敗地狂不就能回來了……」

平時仙仔打死都不會說這種肉麻話，這只有一種可能性——仙仔早就抱著視死如歸，以命相拚的打算。

「喂，我們去找城隍爺吧，祂不會眼睜睜看你赴死——」

「玉彌，靜靜地聽我說，靜靜地。」

為什麼突然湧現一股哀愁，為什麼老虎也跟著一把鼻涕一把眼淚，玉彌慌了，她被蘊滿悲傷的氛圍嚇得手足無措。她看著那把劍，問題肯定出在那把劍！

玉彌推開仙仔，想拔起劍，卻被極強的波能震開。

「沒有徹底的覺悟，是拿不動它的。」

老虎也在一旁點頭附和。

玉彌生氣了，因為她又被排除在某個祕密外，她氣沖沖揪起老虎的皮毛，逼問牠到底怎麼回事。

老虎趕緊搖頭，拍著玉彌的背要她冷靜下來。

仙仔持起劍，一副慷慨赴義的模樣，彷彿去了之後再也不回來。但實際上仙仔什麼都沒說，但玉彌卻深深感受一股悲涼，心裡蔓延著永恆的孤獨。

老虎好不容易掙開束縛，逃到仙仔身旁。

仙仔跨上虎背，對玉彌吩咐道：「賴康他們正往酆都趕來，妳在這兒等待，莫要亂跑，妳會沒事的。」

「你又想拋下我嗎——」

「能得到妳的眷戀，已是我此生最大的幸福。」仙仔露出不得已的微笑，就像每年要離開玉彌身邊時哄道：「對不起，我得走了。」只是這次他沒說「下回再見」。

※

地狂大肆破壞冥府，並從身負怨念的惡魔身上借到力量，但他深覺不夠，因此他來到人間最多悲傷、憤怒、害怕的地方。

警報聲催命似響起，有人喊道：「這不是演習，請盡速往防空洞逃離。」嗡嗡嗡的聲響替城市蒙上恐懼，像是死神的喪鐘。無數人們從家中奔逃，爭先恐後離開即將成為煉獄的家園。

人們深信可怕的地獄火鳥將帶來無盡業火，燒毀他們摯愛的家鄉。地狂站在逃難的民眾之中，盡興吸收這些情緒，他的妖魔大軍已派遣到各個神仙洞府，與各路神仙鏖戰。

待他準備就緒，就要會師南天門，一舉拿下凌霄寶殿。

地面防空炮與機槍瞄準天穹，等待即將出現的毀滅者。空氣裡的畏懼凝結成塊，成為地狂最需要的養分，本該熙熙攘攘的商業區人聲寂靜，只有警報器大肆作響。

正當地狂享受源源不絕的力量，忽然一道猛烈拳風乍至，地狂敏捷躲過，偷襲他的神將暗嗤一聲，隨即黏上前一陣狂打。

那神將身材矮壯，露出無比結實的肌肉，頭髮綁著兩個結，戴著紅色頭圈。他兇眼惡貌，手持銳利短劍。

「哪來的小蟲？」

「吾乃武甕槌，天上戰神！」他散發蠻橫的氣勢。

「是大宜都那傢伙派來的幫手？還是來警告我的？」

地狂那張清秀的臉龐堆起不悅，待來者報完家門，他已奔至面前，一掌將武甕槌打翻數圈。武甕槌順勢飛起，恍然間身形倍增，猶如巨人，勾起地狂下盤，將他拋出去。

但地狂移動極快，早已看清虛實，巧妙閃過武甕槌的撲擊，其手中的短劍則迅如疾風，劃破地狂西裝，濺出血花。地狂沒有退後，反而緊握武甕槌粗大的手指，張口噴出烈焰，武甕槌欲閃避，地狂趁勢翻倒武甕槌重心，抓著手指朝一棟大樓扔去。

五層樓瞬間夷為平地，武甕槌從殘垣中爬起，怒不可遏地怒衝向前，地狂輕蔑一笑，再次張口，武甕槌以為這又是虛招，不疑有他繼續撲來，誰知烈火瞬然包覆他的身體。

武甕槌怒瞪地狂，雖然皮肉堅厚，卻也不能一直承受火燒，只能狼狽離去。

「看來想抵抗我的已經超乎預料。也好，」地狂猖狂大笑：「正好讓我一網打盡，滅絕所有蠢神。」

方才的插曲讓地狂熱血沸騰，魔性充滿嗜血衝動，但地狂想要更多力量，直到充沛身上每一吋。跟那些惡魔立下契約，獲得他們的力量後，地狂已是今非昔比，等到這股力量發揮極致，所有天神他都將視如草芥。

天下忽降幾點繁光，那並非流星，而是天宮派來討伐他的戰將。其中不乏當年奏請處死地狂的神，是地狂不共戴天的仇敵。

「罪仙地狂聽令，承玉帝恩旨，放下屠刀可重輕發落。」

地狂一掌打飛宣讀法旨的神，他不需要任何開恩，他笑道：「不如叫玉帝束手就擒，我或可饒祂狗命！」

其他眾神繼續勸道：「當年孫悟空滋擾天庭，最終知錯能改將功贖罪——」

「哈哈哈，竟然將我與孫猴子相比？」地狂嗤笑道。

「都是一路貨色，不必談了，拳腳上見真章！」

十多名神將包夾地狂，但地狂宛入無人之境，將這些神將當成小兒，一一玩弄股掌。幾十招後地狂不費吹灰之力擊垮眾神，地狂覺得越來越沸騰，他捏住其中一個神將的腦袋，從祂的懼色裡得到滿足。

「當年沒送我上斬仙臺，就是玉帝最大最蠢的失誤。」地狂將那名神將拋上半天，怒吼道：「三清、太上老賊、玉帝，帶種的就下來把帳算清，孫猴子沒做完的，我地狂會全部賞給爾！」

他的聲音震響好不容易平靜的警報器。

「如來佛祖，狗屁！」地狂以掌頂天，一道震波響徹，驚動整個蒼穹。

天上神佛許久沒有這等悚然，那是在非常久遠的時代，超乎齊天大聖大鬧天宮的遠古歲月。

「今日我就將如來壓在我的五指山下。」

無數道星光縋降，地狂嗅到濃厚的殺意，讓他更感興奮。他躍身往天上去，與天兵天將，各路大仙激戰，一時間天上爆出無數雷光，躲在防空洞的人們以為可怕的地獄火鳥已經來了。

防空機槍見狀，一陣慌亂對空掃射，但只是浪費子彈。人們的恐慌無續壯大地狂。

眾仙一個個被地狂打退，各式法器在地狂眼前不起作用，而地狂的妖魔大軍形成一團巨大黑雲，正往天庭邁進。

儘管無風無雨，萬里無雲，天卻暗沉的詭譎，人們以為末日將近。對地狂而言，這正是天地的末路。

轟炸機的引擎極快轉動，在天邊如蝗蟲群出現，每一輛機腹都滿載仇恨。瞄到它們的炮手立刻瘋狂開炮，一時炮聲隆隆，當這些鋼鐵大鳥更加接近，機槍也答答答答狂射。

第一波燒夷彈對準目標落下，瞬間炸毀目標區域。

地狂聆聽恐懼的曲調，人們的嘶叫與炮彈擊中地面的炸響是他完美的食糧，他站在烈焰之中，一臉享受的仰望蒼天，猶如主宰天地的王。

那些不自量力的神全倒在他腳下，他的自信讓天宮不寒而慄，一批一批的神兵神將敗在地狂手中，始終沒耗掉他半點力氣。

地狂飛到一輛轟炸機下，托住一顆燒夷彈，扔往朝著他飛來的一團流光。燒夷彈炸散那些神將，地狂覺得這實在太有趣，又撿了好幾顆丟過去。

人們看見炸彈竟在天上自爆，瀰漫大煙，轟炸機必須繞過煙霧，繼續對準底下目標。一顆防空炮打中地狂，煙硝四散後，地狂瞪著掩體裡的防空部隊，打出一記天雷。

一頭大老虎乍然出現，並吞下雷擊，那些士兵以為自己看見幻影，再張眼一看，眼前除了猛烈火勢便無其他東西。

「又一個來討死。」

地狂向下俯衝，按至老虎的額頭，發出比方才更大的怒雷。仙仔赫然從後面殺出來，地狂趕緊轉身，把雷擊轉到仙仔身上。

「以演洞章，次書靈符。元始下降，真文誕敷。昭昭其有，冥冥其無。」仙仔凝聚真氣，形成護盾，將雷電化為虛無。

「你真不怕死，一而再再而三來，我若非念舊情，早把你粉身碎骨！」

「地狂，我們一體而生，你以為我不明白你的想法？」仙仔持著劍，不言苟笑，「今日便是終結之時。」

「終結？」地狂飛快擊出一掌，倏地打飛仙仔。

老虎趕緊衝上去接住他。

「你若識相，就乖乖待在一旁，等我滅了天宮，我當分榮華予你。」

「別跟我說笑了，天下大亂，還有什麼榮華可言？滅了你才是真正的榮華！」

但要擊敗地狂談何容易，他已非神非魔，非人非鬼，是極其獨特且恐怖的存在，那些神力遠勝仙仔的神仙無一不是地狂手下敗將。

火光將天色照得更詭異，無情的鋼鐵大鳥不停投射絕望的炸彈，把所見之處燃燒殆盡。來不及脫逃的人被燒成火球，在哀號中痛苦死去，這副景象仙仔跟地狂很久以前也見過。

地狂突然指引防空炮跟機槍打向上方的轟炸機，一陣火花飛散，他嫌惡地說：「這東西好吵，讓我想起噁心的事情。」

老虎馱著仙仔衝刺，劍身驀然鳴響，配合仙仔念咒發出極強威力，但對於力量過於強大的地狂而言，那些淨身咒絲毫不起作用。

「已經夠了，我沒時間陪你玩。」

「玩？」仙仔劍指地狂，「這一開始就是賭上生死的死戰！」

第十八章　金劍出鞘

第二波投彈開始，數以百計的燒夷彈落雨般掉落，防空炮跟機槍子彈密密麻麻，地上流火不斷，天上焰火不停。地狂站在落彈標的，燒夷彈紛至沓來，在他身上猛烈炸開，方圓一里的建築物被炸成片花，地狂的罡氣擋住爆炸產生的風與熱。

他的力量已臻飽和，不必再從紊亂恐慌的人間汲取能量。地狂重踏著被打得節節敗退的仙仔，老虎撲上前想咬他的手臂，但地狂臂膀一揮就彈飛牠重達五百公斤的身軀。

「你很後悔吧，可是不管我們再怎麼後悔也無濟於事。」仙仔知道的，從地狂瘋狂的眼神裡還是能找到當年的仁慈。他們看著水鄉澤國，顯露悔恨，為每一個死在他們手中的人哀悼。

「哼，淹死那些螻蟻算得了什麼，我是天地之王，眾生眾神皆由我宰割！」地狂掐住仙仔的頸子，狠狠撞在半傾的大樓。

仙仔望著被地狂打下來的轟炸機殘骸，一切似不言而喻。

「這些蒼蠅太煩了，跟你一樣煩。」地狂捏著仙仔的臉頰，惡狠地說：「你以為你能明白我所想？我天生就是惡的存在，是我傻了才跟著城隍老頭修善道，你也是，你的惡與生俱來，什麼法都改變不了！」

地狂鬆開手，沒有給予最後一擊。

「正因我們源出一體，我知道你也想抵禦天生的宿命——」

「夠了——看看你愚蠢的名號，『仙仔』？仙？你只是條被豢養的狗，一個不堪一擊的懦夫。」地狂將仙仔踹在地上，用皮鞋狠狠踩在他的肚子，「沒有仙格，你憑什麼被稱為仙，你不是神仙，不是魔，連最低微的人也不算！」

吼——老虎狂吼一聲，咬住地狂的肩膀，霎然一道怒雷轟下，接著引來十多道紫雷，直把老虎電成焦。

仙仔趁機爬起來，一劍刺向地狂胸膛，但地狂金剛不壞之身扛下鋒利劍身，輕易撥飛那柄劍。手上沒有兵器的仙仔毫無招架之力，被地狂猛烈轟擊。

啪——仙仔的左手應聲斷裂。

地狂不想再折磨他，將他的頭塞進泥地，「你為何不繼續逃避，反正你已經習慣把罪推給別人了不是嗎？你可以不顧人生死滿足你的慾望，現在又何必在這裡裝可憐？」

轟炸機解除編隊，進行無差別投射，所見之處都成火海，有限的防空火力越打越弱，只能眼睜睜看著家園化成灰燼。眾仙不再下來，全往南天門匯集，迎戰來勢洶洶的妖魔大軍。

地狂也要去那兒會合。

仙仔捉住地狂的腳，但已傷痕累累，縱然能起身再戰，也只是被地狂打殘的份。

「城隍老頭在哪呢？祂為何不來救你，因為祂怕了！我們只是不該存於世的麻煩，所謂修正道只為了封住我們體內的力量，好讓祂們繼續高枕無憂。看清這些神的真面目吧。」

「善與惡不過一念之間，一念之間我們可以塗炭生靈，卻也能造福萬生。」

仙仔喘著氣爬起來，慢慢走向劍旁。

「你拚死也要與我作對嗎？」地狂比著天，「上面那幫人巴不得我們死，你卻執意阻擋我。」

「我不想跟你作對，我只想救你。」

「救我？」地狂覺得太好笑了，一個瀕死不遠的人居然說要救他。

「我們是魔氣所生，但我們不是魔。」仙仔拾起劍。

「對，我已超越神，超越魔，我要讓天上的混蛋回憶上古時代的恐懼。不對，是遠勝於彼的黑暗。」

地狂的魔性在囚禁時海淵受那些遠古怪物留下的意識啟發，再差一點點，他就能完成遠古時功虧一簣的大業。

「可惜你的魔性永遠不會完整。」仙仔拿劍對準脖子。

當初城隍爺為了遏止那股可怕的煞氣，將它分成仙仔跟地狂二人，兩人共生共存。城隍爺卻想害怕未來某日他們其中一人會重啟魔性，特造一把劍，並用兩人的血加封，只要一人壓抑不住魔性，另一人便能藉此劍擊殺之。

地狂想起百年以前，他向城隍爺發誓絕對恪守善法，因此願意用自己血替劍加封。想不到今日成為軟肋。

仙仔打算殺死自己，消滅地狂的魔性，或能藉著自己的死喚起地狂內心深處的純善。世上有無窮無盡之惡，亦有無窮無盡之善，仙仔相信地狂只是被巨大的仇恨遮蔽——他們乃遠古魔性化成，更容易因為挑起某個情緒而入魔。

地狂亦仙亦魔，卻也非仙非魔，混合各種矛盾。

當仙仔手持此劍，便注定要戰到最後一刻，這是啟動此劍所需的決心。然而仙仔知道自己打不贏地狂，他堂堂正正跟地狂決一勝負後，才採取這個辦法。

劍刎頸項，地狂忽然出手擋住劍刃，他拍倒仙仔，劈斷那柄劍。地狂血流如注，滴滴答答瞬間匯成小河。

「你死了，只會損耗我的力量。」

「不是，你心裡並不想我死。」

「哼，等我把你手腳全廢了，吸盡所有力量。」地狂冷笑道：「你就只是無用的軀殼。」

「若你欲如此，我無話可說。我欠你的，用這條命跟你算清。」

仙仔放棄抵抗，張開手任地狂前來。地狂上前時卻忽然停步，他眼神變得混濁，滿眼殺意正在急速褪去，他不敢置信地看著自己的雙手，被劍劃傷的部位居然噴出巨量黑氣。

「善惡一念，你那一瞬不希望我死的念頭，已經改變了你。地狂，我們是共生共存的兄弟，我知道你的本性。」

「你設計我？」地狂吼道。

仙仔搖頭，淡淡地說：「我什麼也沒做，你只是做了符合心意的事。」他的氣力已到盡頭，雙腳再也支撐不住，癱軟下來。

地狂的力量逐漸變弱，他需要更多的悲愁，但無論燒夷彈如何摧毀地面，帶來多大的破壞，躲在防空洞的人們開始唱詠希望。

他們用強大的意念希望戰爭結束。一時間悲善傾軋了苦惡。

炸彈持續降落，用罄真氣的仙仔已無力抵抗，他已經準備跟這座城市一同埋葬，為長久的夢魘做個終結。燒夷彈直直垂落，仙仔的肉體凡軀將被炸得粉碎，他不會成鬼，而是徹底元神湮滅。

地狂楞在原地，來不及上前拯救，眼看共度數百年歲月的兄弟即將消滅，他的心裡湧起一絲溫情，那是與這身強大力量相悖的存在。

燒夷彈爆開，形成火熱狂風，仙仔的身影消失在火焰之中。

但再看，一個高大的紅色身軀承受了高能爆炸，吹散大火。

「抱歉啊，仙仔，帶著這麼多人腳程不夠快，不過幸好趕上了。」紅鬼扶起仙仔。

「你怎麼上來了，賴康他們呢？」

「放心，他們有閻君照顧著，妥當的很。」紅鬼說。

玉彌出現在紅鬼身後，頭髮因為爆炸的衝擊波而紛散。本來仙仔想問紅鬼怎讓玉彌跟著上來，但依玉彌的性子，根本攔也攔不住，也就不必再問。

「剩下的就讓我來。」紅鬼把仙仔交給玉彌。

玉彌跑上來接過奄奄一息的仙仔，焦急的怒罵：「你這笨蛋，說了那些莫名其妙的話就想去死，一點都不負責任！」

仙仔無暇理會玉彌，他想告訴紅鬼地狂已經找回那份善。

地狂跟紅鬼交手一陣，掀起大樓殘骸，地狂引雷噴火，紅鬼吐納狂風，二人把地上破壞的更加徹底。

「哦，比若牛還有的玩了。」

「憑你個渡船人也想跟我打，作夢！」

地狂的善根曇花一現，惡又迅速籠罩起來。

兩人打得不分上下，紅鬼對地狂的能力有幾分忌憚，他鼓起氣變化身形，釋放出被封印的力量。另一方地狂的力量其實漸漸衰弱，經歷方才多次纏鬥，卻仍足以跟紅鬼旗鼓相當。

紅鬼體會了他的可怕，深知一旦讓他上了天宮，後果將不堪設想。兩人在彈雨烈焰中酣戰，依然不分勝負，一陣拼鬥兩人雙雙被彈飛。

地狂的西裝變得破破爛爛，氣勢也大不如前，可是紅鬼仍找不到突破點。他想使用更強的力量，但他怕如此會殃及仙仔跟玉彌。轉頭瞥去，卻發現玉彌不見蹤影，地狂則慘叫一聲。

原來玉彌偷撿走那把斷劍，趁兩人打得不可開交藉火勢掩蔽，待地狂一停下就趁機刺傷他。玉彌得手後被暴怒的地狂往火海裡搧去，紅鬼趕緊接住玉彌，大氣一吹清出一塊空地放下她。

「小姑娘，妳太有勇氣了。」紅鬼讚賞道。

再次受到封印劍的殺傷，地狂忽然暈眩無力，紅鬼抓緊時機，一拳穩穩擊中要害，破除地狂的金剛不壞。

這是地狂受到的第一個有效攻擊，實在的痛覺剎那湧入全身，紅鬼發狂痛打，最後將他踹飛。紅鬼趁勢追擊，地狂雖然已被大幅削弱，但自癒能力極強，除非打到他再也無力反抗。

「停手啊！」仙仔用盡全力喊道。

消失許久的老虎突然出現在半空中，啣住地狂，將他帶到地面。虎背上坐著穿灰袍的男子，面若槁灰，瘦得顴骨突出，但仙仔跟地狂從男子依舊奕奕的眼神裡認出祂的身分。

城隍爺——玉彌叫道，赤裸裸的表達出錯愕。在嶽帝祠見到城隍爺時分明不是這樣的，怎麼相隔沒多久竟變得如此衰老。

「老頭，你總算肯出面了？」地狂虛弱地說，眼裡盡是不屑。

仙仔跪在地上恭迎城隍爺。

「說話啊——哼，反正我出事時你也未曾替我說話，現在又來幹什麼。」地狂憎惡道：「裝成這副可憐模樣也沒用，等我恢復力量，定殺之而後快。」

紅鬼抱胸道：「狂妄小子，我還可以陪你繼續玩呢。」

城隍爺一語不發，只是慈祥地看著地狂，那張清癯的臉散發了春風般的暖笑。

地狂的力量正在急速流失，卻也急速恢復，他不能再拖下去。

「都讓開！」紅鬼要所有人後撤。

「住手！」仙仔掙脫玉彌攙扶，衝到劍拔弩張的兩人之間，「地狂，你還不明白嗎，城隍爺為消弭我們的罪受了多少苦……他這些日子來不吃不喝，閉關在回憶裡尋找我們的善根……為了喚回我們與生俱來的善。」

「與生俱來？」地狂覺得太好笑了，他可是遠古的魔氣，豈有善可言。

「你最後還是保有初衷，選擇了善念。」城隍爺在老虎陪伴下走到地狂面前。

紅鬼想上前幫忙，以城隍爺當前虛弱的身體，絕對不堪地狂一擊，但仙仔用殘存的手拉住紅鬼。

「老頭，你別以為裝得可憐的樣子我就會買帳，信不信我破爾仙格，讓爾元神具滅！」地狂那張斯文的臉滿是惡意，天上雷聲隆隆，放出閃雷，似乎隨時會降下。

「信，你確實有這等能耐。但我也信你仍是當年那個相信世間之善，願盡全力幫助別人的孩子。」城隍爺更靠近一步，「你的惡已消抹殆盡，真正完成善道。」

「看見天了嗎，看見那些被我擊潰的神尊嗎，我手上沾滿鮮血，已回不了頭。」

一道怒雷打在城隍爺身旁，激起火花，但城隍爺無動於衷。

「老爺子，快讓開！」紅鬼見城隍爺處境太危險，打算一口氣解決地狂。

無數天雷怒降，遠超乎紅鬼的速度，城隍爺始終沒有變過臉色。不管過了多少年，對於地狂祂仍然擺著和藹的笑顏。打從仙仔跟地狂出世，他便深信極惡之中哪怕渺小，也會有一息善念。

雷忽然四邊散去，在空中爆成巨響，地狂七竅出血，嘴角依然維持㦸笑。

「到了最後，我竟敗在一個死老頭手上。」地狂血流如淚，「但我竟不後悔。」

地狂放棄了恢復，寧願讓兩股力量在體內互相傾軋，內耗至死。

「冥府底下的惡魔，海淵裡的遠古怪物還在，少了我又有何妨？」地狂綻出一抹微笑，那是城隍爺跟仙仔才明白的笑容。

他身體乾涸，帶著笑靨隨風而倒，城隍爺用一雙老邁的手接住他，將他緊緊抱入懷中。彷彿回到數百年前一個驚天動地的雨夜，城隍爺也用這雙手緊摟著不被期待的嬰兒。

第十九章　天命難違

數百年一夢，翻天覆地轟轟烈烈後如朝露蒸逝。地狂身體忽明忽滅，血色漸無，眼看就要消散天地之間。

儘管地狂最後還是保持倔強，但城隍爺心裡清楚，這些時日來他骨子裡是不變的善。地狂手指著向天，似乎還不忘攻破南天門，直搗凌霄殿。

但隨著他煙消雲散，這場交鋒即將落幕。眾神經歷了最大的驚險，最終地狂雷聲大雨點小，造成的威嚇還不及齊天大聖。可若地狂一雷劈死城隍，喚醒所有力量擊倒紅鬼，直上天宮，那麼後果不得而知。

那些帶來毀滅的轟炸機匆匆離去，留下一片火海，地狂的身體慢慢化為煙，飄至天穹，下起一場溫柔的磅礴大雨。地上的人們感謝神明賜雨，在防空洞裡等待大火熄滅。

「活了這麼長時間，以為看遍人世，想不到還是有令我詫異的時候。」紅鬼由衷讚嘆地狂的選擇。「代表爾的教導正確無誤。」雖說出來不好，但他想知道如果地狂拚死一戰，誰最後可以勝出。

城隍爺嘆著氣，他數百年的掛念變成一抹善意回歸天地，不知該哭該笑。

「但地狂若真要殺爾，爾當如何？」

「欣然受死。」地隍爺說：「那也是我種下的因果，天道循環，我理應為當年罹難者負責。」

「這倒不必了，爾的好弟子、好兒子已經承下所有業，爾跟仙仔很快就能釋放，重回仙班。」紅鬼說。

玉彌想安慰哀傷的仙仔，但她要說些什麼呢，是說地狂罪有應得？她認知的地狂是個不可一世、跋扈的邪魔，死了會大快人心的那種——但對仙仔來說，地狂是羈絆許多歲月的親兄弟。

所以玉彌選擇什麼也不說，靜靜陪伴在他身旁。

空襲結束，天上的爭鬥結束，一切隨地狂化為烏有後告終。

眾人回到地府，賴康跟晚煙正受到秦廣王招待，賴康大顯身手，替忙碌的鬼卒煮了前所未見的佳餚。仙仔他們正好趕上開飯。由於仙仔的身體元氣大傷，秦廣王特別選了一間舒適的房間讓他休憩，他想好好休息，因此吩咐任何人都別進來打擾。

不過有件事賴康很在意，他問：「晚煙小姐吃地府的飯沒問題嗎，會不會回不去啊？」

「沒問題，這小妹妹本就陽壽未盡，等吃完後寡人馬上送她回家。」秦廣王大方的說。「倒是這菜真夠美味，你乾脆當寡人的廚子好啦。」

「大王，玉帝降旨要十殿閻君上凌霄殿。」一位鬼卒急急忙忙地說。

「寡人才方整理完鬼城，連頓飯都還沒吃。」嘴上雖抱怨，秦廣王還是趕緊放下筷子，往天宮去。

地狂死後，妖魔大軍群龍無首，瞬間敗北，這些作亂的妖魔即將發配冥府，但數量龐大，因此玉帝速要十殿閻君上來商討。秦廣王請紅鬼招待玉彌他們，匆匆上了天宮。

賴康已經從玉彌那兒聽說地狂的事，但他一時弄不懂其中細節，像是地狂跟仙仔其實是一體而生，他越聽越模糊，到後來玉彌便不想說了。

「阿賴，吃完這頓飯我們就要回去了嗎？」晚煙開心地問。

「嗯，對啊，妳一定餓壞了吧。」賴康替晚煙夾了一大盤菜。

玉彌皺起眉頭，可是也不敢多嘴。

「開動前還是請德高望重的城隍爺為我們說幾句話吧——咦，城隍爺呢？」賴康這時才發現這群人裡根本沒有城隍爺的蹤跡。

「他去了酆都嶽帝祠。」紅鬼說。

「是嗎，我還以為能親眼看見城隍爺，晚煙小姐也很想看到吧，這可是非常非常難得的機會。」

「去廟裡就能看到城隍爺啦！」

「不，我是說真正的城隍爺喔。」

雖然賴康做的菜美味可口，但玉彌卻食不下嚥，飯菜幾乎被賴康跟紅鬼分食完。

「不要客氣，多吃點嘛，吃不夠我可以再煮喔。畢竟這可能是最後一次吃到——不是啦，」賴康瞥著晚煙，看她是否露出狐疑的表情，「我是說最後一次在地府吃到我做的菜。」

「玉彌姐姐是不是胃口不好，等我們回去後再來我家啊，賴康會做好多好吃的菜。」

「對、對啊，玉彌妳快吃嘛，不然那個紅通通的怪物都快吃完了。」賴康越說越辛酸。

「這倒是真的，不知道三途河的鯉魚經你烹調會是何種味道？」紅鬼笑道。

玉彌夾起一口菜，放進嘴裡慢嚼，但心不在焉使美味珍饈如同嚼蠟。她擔心仙仔的情況，害怕仙仔也會跟地狂一樣化為煙塵。

「他會死嗎？」玉彌問。

「生死有命，神仙也不例外，如果死了，便是他的命。」

「說什麼呢，為什麼說的一副你事不關己的樣子？」玉彌生氣地說。

「凡人，妳告訴我，妳的情緒能夠主宰一個人生死嗎？莫說閻君不能，玉帝不能，縱有仙法天地萬物仍難逃消殞。」紅鬼怡然自得地說：「不過妳若能陪在他身旁，也許他會好受一些。」

紅鬼活過的歲月足以拋下七情六慾，不為外物而動，因此玉彌很難明白他的豁達。玉彌放下筷子，還是決定去仙仔身旁陪伴。

晚煙問紅鬼道：「仙仔會死嗎？」

「一切端看造化。說起來，妳懂何謂『死』？」

「死就是人不見了，再也看不到這個人對吧？人死後就會到這裡，不過閻王伯伯說我是不小心掉下來的，所以很快就能回去。」晚煙笑咪咪地對賴康說：「阿賴也是不小心掉到這裡，等回去後我們先睡很長的覺，然後再起來一起吃飯。」

晚煙說著好多想做的事，她提到賴康的生日快到了，想要趁機會辦個熱鬧的宴會。

「爹跟管家還有阿梅，大家看到你回來一定會嚇壞，你就是最大的驚喜！」晚煙手舞足蹈地說。

賴康很久沒看見晚煙這麼活潑，忍不住眼眶酸紅起來，晚煙的期望越高，現實的撞擊就越大。

「小妹妹，所謂的死，是妳非常喜歡、非常不願放手的人永遠離開你的身邊，不管妳去哪個地方都找不到這個人，不管妳再怎麼努力這個人再也不會出現。」紅鬼看向賴康。

晚煙似懂非懂，對紅鬼睜著明亮的大眼睛。

紅鬼抱起晚煙，一手指向修復中的轉輪臺，「生命終結後，魂魄來到這兒看生前功過，然後依照善惡賞罰，最後去孟婆那兒，一碗湯將此生一筆勾銷。」

「就算如此，他們還是住在我的心裡喔。就像娘很久以前來到這裡，可是娘一直活在我的心中，如果有一天我真的來到這裡，我也會活在別人心中。」

晚煙的天真爛漫讓紅鬼不禁哈哈大笑，但賴康笑不出來。晚煙回的去，可是他陽壽已盡，是沒有回去的可能了。

賴康哀傷的摀著臉。

「仙仔不見了——仙仔不曉得跑去哪了——」玉彌從房裡衝出來喊道。

賴康趕緊抹去愁眉苦臉，說：「仙仔不是受重傷嗎，他還能走去哪？」

「沒意外的話，應該去了嶽帝祠。」紅鬼放下晚煙，「總有一些掛在心頭的事要解決。」

「這個笨蛋，要去不會跟我說一聲，帶著那身傷還想到處跑。」玉彌緊張地碎念。

「也許他有自己的想法。」紅鬼說：「我陪妳走一趟吧。」

「我也要去。」

「你留下，時間不多了，能陪一點是一點。」紅鬼偷偷瞥向晚煙，不忍打破她的殷切期盼。

賴康吸了口氣，他向紅鬼用力點頭。他必須堅強，不能一味逃避現實，哪怕分開得流掉無盡淚珠。

※

酆都開始有鬼卒走動，雖然不像其他十殿受到大規模破壞，小地方仍需要修繕。仙仔形單影隻，獨自乘船再次來此，他看上去像是落魄的幽魂，不過沒有鬼卒搭理他。走過井然有序的街道，一步步吃力的攀上山頂，他體力、真氣皆罄，體內體外無處不是傷，若玉彌跟著來，他便不用這麼累。

但仙仔的目的就是甩開玉彌。費盡一番力抵達嶽帝祠，他雙腳沉重，眼睛疲倦，只要倒下他便能睡到天荒地老。但他還有事情未完，因此他藉堅強的意志力堅忍不拔走來這兒。

推開大門，城隍爺盤坐於此，老虎則酣睡一旁。

「小散仙，你圓滿回來了。」東嶽大帝的聲音悠悠響起。

仙仔跪在城隍爺身旁，滿面慚愧。

「我對不起你們，沒有盡到保護的責任，讓你們飽受痛苦。」城隍爺說。

「錯的是我，是我冥頑不寧，否則也不會讓地狂走到今日局面。」

「小散仙，一切皆是命劫，莫要苛求於己。」東嶽大帝停了半晌，說：「玉帝傳來法旨，兩位戴罪立功，刑罰已除，隨時可回仙班。」

城隍爺手腳的隱形鐐銬頓時解下，一身灰袍變回斑斕官服。然而仙仔已經到了終點，他變得更加憔悴，精神正一點一滴流失。

城隍爺緩緩起身，褪下官服。祂百般憐愛，不捨地看著仙仔。

「生死之命，天地所注，時盡無人可違背。」東嶽大帝只能無奈的說。

玉彌跟紅鬼闖了進來，看見仙仔已經氣衰力竭，隨時都會撒手寰塵。

「玉彌，妳怎麼來了……」當仙仔看見紅鬼，便知道這消息是誰走漏。

「你怎麼可以這麼狠心！」玉彌強忍淚水，狠狠揍了仙仔一拳。

「我不願再見妳傷心。」

「笨蛋，我見不到你最後一面才會、才會……」說到這裡，玉彌泫然欲泣。

跟著仙仔下冥府時，玉彌便預感了這個時刻，她希冀那忐忑的情緒只是多慮，可當她看見仙仔拔出那把劍，一切儼成定局。

「別哭，哭了我會走得更難受。」

「誰要哭了，誰會為你哭……」玉彌擋住臉，不讓仙仔看見一絡絡清淚。

「嗯，妳是個永遠堅強的小女孩。」仙仔已經站不穩，因此由紅鬼扶著，他說：「我想回去那個地方，我跟地狂出世之地。」

「走吧，孩子，我們回家。」城隍爺說。

嶽帝祠乍然發出一道光芒，吞沒眾人，轉眼他們便來到被地狂砸毀的城隍廟。廟裡此時空無一人，彷彿已荒廢多年。

天方破曉，萬籟寂靜，晨風拂來沁人心神。仙仔請紅鬼放下他，他用著最後的力朝城隍爺三拜，每一拜都盈滿無盡感激。

「城隍爺，這些年爾視我如子，我無可報爾。我由衷感謝爾賜我這條命，閱覽世間風華。」

命生之地，命亡之處，對仙仔而言沒有比這個更適合的了。他疲倦的臉龐擠出笑顏，「玉彌，妳真的沒哭呢，太好了……這裡交給妳……我就能安心去了。」

城隍爺抱住跪伏於地的仙仔，神情哀戚，一日連喪二子，即便是神心裡也是悲痛萬分。一道清風盤桓，獻上哀悼之情，數百年緊密相連斷於一朝。

玉彌哪裡沒哭呢，她潸潸落淚，眼裡彷彿裝了大江大海，眼淚落也落不完。

仙仔的身體開始變異，從指節變得透明，那頭白髮透了光，第一次有著亮彩。時辰到了，仙仔即將灰飛煙滅，他環顧四周，此生再無依戀。他露出最愜意、最放鬆的笑靨，對接下來的事情感到無比輕鬆。

城隍爺雖看盡人間興衰，此時卻難掩哀傷。仙仔的身軀逐漸蒸去，變成縷縷白煙，那縷煙飄向玉彌，緊緊地摟著，這是他最後一次能安慰這個孤單的小女孩。但她已不是小女孩，能夠勇敢直前，頂立於世。儘管他們真正的相處的時光只是一年裡的幾日，加總起來卻像過了好長好長。

玉彌因那熟悉的擁抱，再也無法克制情緒，哭號隨淚水一起迸發，聲聲斷人肝腸。

那縷煙即將消散，玉彌流著淚說：「我答應你我不會再任性，不再隨便動手，我會一個人好好的吃飯……」

仙仔遠離了，超越生死，超越輪迴，永恆消逝。仙仔消逝了，真正成為傳說中的『仙仔』。但仙仔的回憶會留在這座香火鼎盛的廟宇，還有嘻笑怒罵的廂房，以及玉彌心中。

第二十章　仙姑

「起來，陳天福。起來，陳天福。」

夜色最深，最靜的時候，陳阿舍被喚起來。他雖然還沉溺於夢，但聽見叫喚聲後，身體卻自動坐起，張開濛濛雙眼。

是誰大半夜擾人清夢？陳阿舍為了昏迷不醒的晚煙，三個晚上輾轉難眠，他怕仙仔能力不足，又從其他廟請來名聲赫赫的大師，但他們只搖頭說晚煙魂魄不在體內，恐怕沒救了。

想當然耳，陳阿舍將他們斥罵一頓，給了錢趕走他們，繼續祈禱仙仔能救晚煙。

陳阿舍在幽微視線裡看見一道光，呼喚他的聲音嗡嗡響徹，不停複誦。當他徹底看清眼前情況，嚇得差點沒暈過去。

平時只在廟裡看見的七爺八爺分立兩旁，中央還有個判官，指著陳阿舍說：「換你受刑。」

陳阿舍知道自己做了不少不能原諒的壞事，在七爺八爺猙獰的面孔前更沒法辯解，特別是兩人手上發著寒光的鐵鍊更讓他畏懼不已。他害怕地跟著判官走。

一股陰氣源源湧入，當下陳阿舍以為自己死了，即將進入冥府，不過他來到的是城隍廟。他最後一次來城隍廟正是地狂打爛城隍像的時候，此時城隍廟鬼卒列立，氣氛肅然，穿戴整齊官服的城隍爺嚴肅地坐在位子上。

沒多久謝桑也被帶來，他比陳阿舍還惶恐，一直跟一旁的鬼卒說自己沒做虧心事。

「謝金旺、陳天福，兩人押到！」一名鬼卒刺耳的拉著長音，眾鬼卒其聲鼓譟。

八位隨扈家將各個怒目兇惡，瞪著謝桑跟陳阿舍，謝桑抖著向城隍爺拜道：「城隍爺在上，小的謝金旺做人老實，絕對沒有作奸犯科，殺人都是他殺的，跟我沒關係！」

「哼，本府尚未問案，你倒是急著狡辯。」

「城隍爺，我我真的沒做壞事——」

「本府一向公正嚴明，細訪暗查，只要你無罪，定保你平安，但你若說謊，遮掩事實——」城隍爺故意停下，看著七爺八爺，「恐怕本府只能嚴加處置！」

陳阿舍不知道謝桑還在想狡辯什麼，上面的可是城隍爺啊，祂妙指一算，所有事情了然於胸。

「陳天福，本府問你，你認識賴康嗎？」

「認識，他是小民家的大廚。」

「好，那麼賴康是誰所殺？」城隍爺重拍驚堂木。

陳阿舍被嚇了一跳，恐懼地說：「是小民。因為、因為，小民為怕賴康說出小民的事情，一不小心失手殺了他……」

跟神明說謊有何益處，只會加重死後刑責。

可謝桑不明白這個道理，他可憐兮兮地說：「對啊，請城隍爺明察，所有的事情都是陳天福做的，小民出於害怕，只敢聽命從事。」

「哦，照你所說，賴康的命案跟你一點關係也沒有？」

「是，我也曾勸阻陳天福，誰知道他執意要殺——」

「謝桑，這個時候你想抵賴？上面的可是城隍爺啊！」

「正是今天有城隍爺做主，我才能揭開你的真面目。城隍爺，小民願意說出所有事情。」

城隍爺頷首，又問：「那麼鈴木純一郎等七人的命案，又是如何？謝金旺，這也跟你沒關係？」

「城隍爺，這這這全是小民被邪門道士所騙，陳天福就是跟那個道士勾結，他們想謀取大量土地。小民不知道那些符咒是會害人的，一時才糊塗聽了道士的話，把符咒給了鈴木他們。」

「哼！」城隍爺驚堂木一響，兩人皆怕得低下頭。祂扔下一張寫滿日文的紙，「這是鈴木純一郎的自白狀，你們所有罪刑都寫在上頭，上面很清楚寫著殺他的兇手就是你——謝金旺。」

「冤枉啊！」謝桑哭吼道：「這一定是鈴木挾怨報復，不對，肯定是他搞錯人了，這些事都是陳天福主導的，我是被他騙進來的啊！」

「城隍爺，賴康跟那些日本人確實都是被我們害死。」

「分明被你害死，別賴到我頭上——」

「大膽謝金旺，證據確鑿，還敢汙衊他人！你私慾薰心，害死無辜，又為貪得更多利益，殺了自己人。」城隍爺說出謝桑的罪狀。「還是要本府請出鈴木跟賴康，跟你當面對質！」

「他們都死了，根本——」這時謝桑語塞了，這可是城隍爺主審，要從地府調兩鬼出來作證又有何難。

突然一隻手捲住謝桑的身體，大宜都從後方走出來，陰森笑道：「既然你死不認錯，反正我也餓了，就來我的肚子裡享受地獄輪迴。我可沒有城隍這麼好說話唷。」

看見形體奇異的大宜都，以及那張血盆大口，他顫抖著磕頭：「城隍爺，我該死，我說謊。」

「城隍爺，所有的罪我都認了，但我想請城隍爺救救小女。一切都由我惹起，罪不及小女，懇請您將她帶回來。」

「嗯，陳晚煙是被捲入這場意外，本府自會秉公處理。」城隍爺再拍驚堂木，「謝金旺、陳天福已認罪，發回陽間待判。」

「謝謝城隍爺恩典！」陳阿舍連叩數個響頭。

兩人被鬼卒拉走，陳阿舍說出實情已無遺憾，但謝桑還苦求城隍爺重輕發落。

大宜都看見自己的子民冤情得雪，欣慰地說：「事情終於落幕了，可惜啊，我不能跟那小子見最後一面。」

城隍爺默然頷首，面孔後的疲憊便是大宜都無法讀懂的情感。

※

晚煙與賴康的道別是在淚雨中結束，她牽著玉彌的手坐上船，依依不捨看著岸邊揮別的賴康。他們說了很多話，那些關切的、愛護的說了許多許多遍，可是晚煙只想賴康跟她一起回去。

賴康一聲聲說著抱歉，他的諾言一一破滅：要每天煮晚煙喜歡的菜，每年替晚煙做生日蛋糕，一直到晚煙結婚，再做菜給晚煙的孩子，直到他再也拿不動鍋鏟。

回想晚煙吃著他做的料理而笑容滿面，他很擔心晚煙會吃不下其他廚子煮的菜。但如紅鬼所言，晚煙終究會長大，會習慣這一切。

「我也要當廚師，總有一天變成像阿賴這麼厲害的廚師。」

「妳這麼聰明，一定會比我還厲害。」賴康毫不掩飾淚水。

「等阿賴投胎後，要來吃我煮的菜喔。我們約好了。」

賴康的臉容漸漸遠去，跟著碼頭一起變小，然後消失在水平面。晚煙只能在玉彌的懷抱裡痛哭。

三途河如煙霧飄渺，不知航行多久，晚煙在淚中睡去，醒來時不見幽深的河水，那艘搖搖晃晃的戎克船變成熟悉的床鋪。紅鬼跟玉彌也不在身旁。

晚煙眨了眨眼睛，探索著四周，發現她的家人全聚在床邊歡欣鼓舞。

「爹？」

「醒來就好，這樣就好了。」陳阿舍緊緊抱著好不容易歸來的女兒。

晚煙的兩個哥哥也噙淚站在陳阿舍後面，一旁還有三名警察。

「晚煙，爹可能要離開一陣子，妳要好好聽哥哥跟嫂嫂的話，知道嗎？」陳阿舍感慨地說。根據跟城隍爺的約定，他與謝桑已向派出所自首，說出實情，而警察答應讓他見晚煙最後一面。

「你要去哪裡？」晚煙驚愕地問。

至於陳阿舍為什麼要被警察帶走，大家都閉口不談。

「爹要為自己的行為負責，所以晚煙不要難過，雖然阿賴不在了，但爹有幫妳請來很厲害的廚師。」

「對啊，這個廚師遠近馳名，燒菜功夫一流。」晚煙的大哥也附和道。

「妳要自己照顧身體，千萬不要生病了。」陳阿舍撫著晚煙的頭髮。

晚煙乖巧的答應，眼眶又不自覺泛淚。陳阿舍擦掉晚煙的淚水，自己卻已老淚縱橫。

警察帶走陳阿舍，晚煙恢復正常生活。陳阿舍跟謝桑或許因緣果報的關係，定罪後沒兩個月便雙雙去世。

晚煙開始跟著家裡的新廚子學習廚藝，展現令人驚豔的天賦，她除了上學以外，就是努力練習做菜。過沒多久，她的大嫂生下一個白胖寶寶，晚煙多了一個小孩子陪伴，也漸漸不再悲傷。

而且這個小姪子很黏晚煙，哭鬧得很厲害時連母親都沒辦法，但晚煙卻能將哄睡他。

抓週那天地上放滿各種東西，小姪子奮力往那些東西爬，一樣丟過一樣，結果被東西絆倒了嚎啕大哭。他的母親怎麼哄也哄不了，只好到廚房請正在替大家準備晚餐的晚煙幫忙，晚煙急忙下帶著鏟子出來，小姪子見到鏟子立刻緊緊巴著不放，也不哭了。

他開心的用雙手揮著鏟子，彷彿在學晚煙炒菜的樣子。那鏟子正是賴康留下的遺物。

「弟弟想學晚煙姑姑煮飯嗎?真可愛。」

「該不會是想當廚師吧。」

這個景象讓晚煙有所感觸，點起深藏的記憶，她鼻頭一酸，不禁流淚。

大哥趕緊把鏟子拿回來，「不可以搶小姑姑的東西，這是小姑姑的喔。」

但小姪子執意不放，誰也搶不動，大哥只好對晚煙說：「大哥再買支新的給妳好不好？」

「沒關係，真的沒關係。」晚煙抱起小姪子，破涕為笑道：「等你長大了，就可以每天吃姑姑煮的菜喔，然後姑姑再教你煮菜好不好？」

小姪子咿咿嗚嗚，似乎也懂得晚煙笑淚裡的意思。

※

一年後，城隍廟。

玉彌發愣的時候，會不小心叫著某人名字，等她回過神來，問事的民眾用疑惑著眼神看著她。

「仙姑，這要怎麼辦，我兒子是不是中邪了？」憂心忡忡的母親問。

「來，讓他轉過身。」玉彌熟練地唸咒，驅趕附在小男孩身上的不淨之物。「最近有沒有上過山，那邊有些問題，以後儘量不要晚上去。」

「聽說那裡死了很多人，是不是怨氣太重了？」

「只要多加小心就好。」玉彌拿著一紙黃符在男孩頭上繞了幾圈，然後燒掉。

還翻著白眼的男孩抖了幾下，眼色恢復正常，迷惘地看著玉彌。

「謝謝仙姑啦，謝謝仙姑！」小男孩不明就裡的被母親抱著。

「不用這麼客氣。趕快讓他回去好好休息，記得晚上不要跑去那裡喔。」

「還不快道謝。」

「謝謝姊姊——」

「什麼姊姊，叫仙姑啦！」

「沒關係啦，倒是趕快讓他休息比較要緊。」

那位母親又謝了好幾回，才帶著兒子回去。玉彌開始主事後，人們開始改稱呼她為「仙姑」。

由於時局動盪，連北部都有人特意下來，每天問事的人都快擠破廟門，還有信徒想捐款擴建城隍廟，這讓玉彌每天忙得不可開交。

晚煙有時候會帶自己煮的菜來給玉彌品嘗，不然就是到廟裡開伙，她的小姪子也會跟來。

玉彌的生活其實跟以前沒兩樣，念咒除妖，替人逢凶化吉，她漸漸習慣這個擔子。去年二九暝，玉彌受晚煙之邀，去陳家圍爐，晚煙的哥哥嫂嫂們見到『仙姑』，無不熱情款待。

那位母親帶兒子離開後，晚煙又抱著小姪子來，她提著籃子笑道：「妳一定又忙到沒吃飯，所以我煮了紅燒虱目魚給妳吃。」

「還是晚煙最了解玉彌姊姊了。」玉彌拍拍晚煙的頭，打開籃子，裡頭擺著色香味俱全的虱目魚。

「救人喔——救命啊——」

廟外突然傳來救命聲，玉彌放下虱目魚，趕快往外探去。

四個大漢抓著一個四肢細弱的男子，那個男子力氣其大，四個成年男人也壓不住他，其中兩個還被打得鼻青臉腫。

「發生什麼事？」

「我們是隔壁庄來的，他叫阿堂，前幾天下完田回家就不知道發什麼瘋，一直要拿刀砍自己，抓也抓不住。聽說這裡有個厲害的仙仔，才想說要來請仙仔幫忙。」捉住阿堂右腳的人狼狽地說：「麻煩請城隍廟大仙出來，不然我們快抓不住了。」

「仙仔不在啦。」旁人說。

「這樣怎麼辦啦？他真的會殺死自己啦。拜託誰去幫忙請仙仔來。」

「城隍廟大仙不在沒關係，我們城隍廟仙姑在此。」晚煙比著玉彌。

玉彌莞爾，按住阿堂的天靈蓋，阿堂立刻手腳癱軟。那四個人好不容易能鬆口氣，紛紛敬畏地看著玉彌。

玉彌看見有個想抓交替的纏在阿堂體內，於是拿出符咒貼在阿堂身上，唸了一通淨身咒，驅出那個厲鬼。那厲鬼相當兇惡，被逼出後打算立刻附在別人身上，玉彌搖了搖法鈴，趁厲鬼受不了時用酒壺將他吸進去。

眾人把昏倒的阿堂移到榕樹下，玉彌則進入廟內，請來七爺八爺。那厲鬼見到更為兇惡的家將，嚇得屁滾尿流，連向玉彌求情。豈料七爺八爺說這鬼生前劣跡斑斑，用了邪法讓自己躲過追捕，竟還想靠抓交替的方式還陽。

因此二話不說，厲鬼被拘進冥府。

隔壁庄的大漢們趕緊進來向玉彌道謝，「沒想到仙姑這麼厲害，我們之前只聽說城隍廟大仙的名號，實在是有眼不識泰山。」

阿堂的老婆更是痛哭流涕，簡直把玉彌當成城隍爺拜。

玉彌覺得很不好意思，只好請他們快起。

等那些人離去，廟埕又喧鬧起來，戲班正在搭棚子，信眾知道『仙姑』愛看戲，還特地多請了兩台。他們都說今年肯定熱鬧非凡。

「玉彌姊姊，妳在發什麼呆呢？」晚煙注意到玉彌在恍神。

「對不起，我在想事情，想著就出神了。」玉彌看著戲棚，忍不住哀傷地說：「好快一年就過去了。這年真的發生好多事。」大宜都的神居已經荒蕪，她任務圓滿達成，功成身退回到故鄉。

因為城隍廟建醮快到了，所以玉彌才頻頻失神，往年她總要向著大路口張望，焦慮地等一個滿身髒污的人，一路風塵僕僕趕回來。

可是今年她無法期盼了，但眼神總會不經意飄往遠方。

她還是要一邊看戲，一邊守護大家，免得有妖魔鬼怪趁虛而入。今年還有不同的地方，大家都傳說城隍爺回來了，雖然沒人知道城隍爺在或不在的流言從何而來，但每年擺在後頭神仙戲今年確定要放在開幕。

老邁的耆老借了廟裡的角落，拉起悠揚二胡高唱熟悉的詞曲。

「話說從前有個小仙……」

曲調響起，回憶也隨之歷歷在目，玉彌掩不了哀傷。

「玉彌姊姊，晚上我做蛋糕來吃好不好？我學了好久，妳一定要來品嘗看看。」

晚煙充滿朝氣的聲音勾回玉彌的心神，玉彌摸著小姪子軟呼呼的臉頰破涕為笑。

「好啊。」

後記

感謝看完《流浪仙》的讀者朋友，也感謝辛苦的編輯，以及所有為完成這本書而奉獻心力的人。

說起這個故事的源頭，來自某日住家附近的廟迎來建醮季節，法仔鼓起調，鞭炮四處炸，陣頭一團團穿梭門前狹小巷弄，然後連續三天被歌仔戲包圍，到了夢裡也被哭腔淹沒。

這時腦子一震，油然生出一個想法：「我要寫出以台灣文化為基底的故事。」緊接著浮現一個畫面，頭髮跟枯草一樣的男人在郊外與石頭公對話，但在旁人看起來他只是個對石頭嘮叨的神經病。

經過幾天構思，故事由此展開，寫到男主角跟老廟祝為了解釋事情，去神社向天神解釋——接著我就把所有章節砍掉重練。因為開頭跟石頭公對話的劇情越看越覺得男主角可憐。

之後改了幾個版本仍不覺得滿意，某天夜裡我在圓環停紅路燈，無聊的東張西望，突然瞥見路旁小廟前坐了一班人，只見他們敲了一通鼓，敞著嗓子唱京劇。

有了！我在心裡興奮地大叫，於是有了扮仙戲前先讓耆老唱小調作為序幕的橋段。我個人很喜歡這個開頭，彷彿回到上世紀四零年代，穿著短褐坐在廟埕口聽老阿公講勸世歌。

定好滿意的開頭，Delete一按，石頭公不見了，老廟祝也提前退休，輪迴重生成漂亮活潑的玉彌。身分神祕的仙仔也閃耀出場，陪我一起在燠熱的夏天降妖除魔，上演悲歡離合，在節節高升的室內氣溫中「大滴小滴落鍵盤」。

不曉得各位看到地狂這名狂傲謫仙時有什麼感覺？當地狂被怒火包圍，願墮為魔，發誓殺遍天上諸神，這種直截了當的殺意，不矯揉造作的快意恩仇，是否讓你看得酣暢淋漓？

結局是地狂雷聲大雨點小，在親情感召下灰飛煙滅。不僅因為親情，更因這對出世便挾煞劫的魔胎，看見別人受難會流露不忍，為自己所犯的過錯深深刻責。空襲之下激戰，已讓地狂產生悲憫之心，倘若他執意殺上九重天，不只天上浩劫，地下芸芸眾生也難逃劫難。如城隍爺對這兩個小煞星所說：「世間有無窮無盡之惡，亦有無窮無盡之善。」

前半生命中帶來，後半生操之在己。

最後，我認為必須解釋為什麼選空襲當最後決戰舞台。無論雙方秉持何種觀點，無論如何說服自己是對的，不管上世紀讓人心有餘悸的世界大戰，或是至今仍發生在世界各地的戰亂，戰爭本質是殘酷的。

上位者神仙打架，然而躲藏於斷牆殘垣內的百姓、以愛國之名強徵上戰場的士兵才是真正受害者。

但願弭平一切戰爭，雖然不太容易，畢竟世上充滿地狂墮魔所需的惡。慶幸的是，世上也有足量的善維持和平。

好像扯得太遠。再次感謝看完後記的讀者朋友，我們下次見。

樂馬　二〇一八年六月五日　寫於自宅

釀冒險24　PG1970

流浪仙

作　　者　樂　馬
責任編輯　洪仕翰
圖文排版　詹羽彤
封面設計　楊廣榕

出版策劃　釀出版
製作發行　秀威資訊科技股份有限公司
114 台北市內湖區瑞光路76巷65號1樓
電話：+886-2-2796-3638　傳真：+886-2-2796-1377
服務信箱：service@showwe.com.tw
http://www.showwe.com.tw
郵政劃撥　19563868　戶名：秀威資訊科技股份有限公司
展售門市　國家書店【松江門市】
104 台北市中山區松江路209號1樓
電話：+886-2-2518-0207　傳真：+886-2-2518-0778
網路訂購　秀威網路書店：https://store.showwe.tw
國家網路書店：https://www.govbooks.com.tw
法律顧問　毛國樑　律師
總 經 銷　聯合發行股份有限公司
231新北市新店區寶橋路235巷6弄6號4F
電話：+886-2-2917-8022　傳真：+886-2-2915-6275

出版日期　2018年7月　BOD一版
定　　價　270元

國家圖書館出版品預行編目

流浪仙 / 樂馬著. -- 一版. -- 臺北市：
釀出版, 2018.07
面； 公分. --（釀冒險 ; 24）
BOD版
ISBN 978-986-445-260-6（平裝）

857.7 107007421

讀者回函卡

感謝您購買本書，為提升服務品質，請填妥以下資料，將讀者回函卡直接寄回或傳真本公司，收到您的寶貴意見後，我們會收藏記錄及檢討，謝謝！

如您需要了解本公司最新出版書目、購書優惠或企劃活動，歡迎您上網查詢或下載相關資料：http:// www.showwe.com.tw

您購買的書名：________________________________

出生日期：________年________月________日

學歷：□高中（含）以下　□大專　□研究所（含）以上

職業：□製造業　□金融業　□資訊業　□軍警　□傳播業　□自由業

□服務業　□公務員　□教職　□學生　□家管　□其它_____

購書地點：□網路書店　□實體書店　□書展　□郵購　□贈閱　□其他

您從何得知本書的消息？

□網路書店　□實體書店　□網路搜尋　□電子報　□書訊　□雜誌

□傳播媒體　□親友推薦　□網站推薦　□部落格　□其他__________

您對本書的評價：（請填代號　1.非常滿意　2.滿意　3.尚可　4.再改進）

封面設計____　版面編排____　內容____　文／譯筆____　價格____

讀完書後您覺得：

□很有收穫　□有收穫　□收穫不多　□沒收穫

對我們的建議：________________________________

____

____

____

請貼
郵票

11466
台北市內湖區瑞光路 76 巷 65 號 1 樓

秀威資訊科技股份有限公司 收

BOD 數位出版事業部

（請沿線對折寄回，謝謝！）

姓　　名：________________ 年齡：______ 性別：□女　□男

郵遞區號：□□□□□

地　　址：________________________________

聯絡電話：(日)________________ (夜)________________

E-mail：________________________________